LÖWINNEN SIND SIE

Charlotte Beck-Karrer

Löwinnen sind sie

Gespräche mit
somalischen Frauen und Männern
über Frauenbeschneidung

Schriftenreihe des
Vereins Feministische Wissenschaft

eFeF-Verlag

Die Deutsche Bibliothek – CIP-Einheitsaufnahme

Beck-Karrer, Charlotte:
Löwinnen sind sie: Gespräche mit somalischen
Frauen und Männern über Frauenbeschneidung /
Charlotte Beck-Karrer. – 1. Aufl. – Bern: eFeF-Verl., 1996
(Schriftenreihe des Vereins Feministische Wissenschaft)

ISBN 3-905561-03-4

Wir danken Caritas Schweiz, der Schweizerischen Flüchtlingshilfe und dem Migros Kulturprozent für die finanzielle Unterstützung zur Herausgabe dieses Buches.

Erste Auflage 1996
eFeF-Verlag Bern

Gesamtherstellung: Clausen & Bosse, Leck
Umschlaggestaltung: Catherine Eigenmann, Bern
Printed in Germany

Inhalt

ANHANG

Einleitung

In frühen Jahren hatte ich Germanistik studiert. Um die Lebensmitte nahm ich einen zweiten Anlauf und studierte Ethnologie. Schon im zweiten Semester fiel es mir zu, im Rahmen des Grundstudiums ein Referat über Frauenbeschneidung in Mali zu erarbeiten. Seither hat mich das Thema nicht mehr losgelassen.

Einige Studienkolleginnen am Institut für Ethnologie der Universität Bern gründeten eine Arbeitsgruppe, und ab 1990 beschäftigten wir uns ständig und eingehend mit Frauenbeschneidung bzw. FGM (*Female Genital Mutilation*/weibliche Genitalverstümmelung)[1]. Wir trafen uns wöchentlich, lasen und diskutierten Artikel und Bücher, stellten eine Dokumentation und eine Bibliographie zusammen. Im Lauf der Zeit entstand eine ganze Reihe von Arbeiten[2].

Zentral in unseren Debatten und in der Literatur, die wir lasen, war immer wieder der Gegensatz zwischen dem kulturrelativistischen Argument, das die Werte der verschiedenen Kulturen respektieren möchte und Abschaffungsbemühungen als Einmischung in die inneren Angelegenheiten einer ethnischen Gruppe ablehnt, und menschenrechtlichen oder feministischen Argumenten, die in der Beschneidungspraxis eine Verletzung von (als allgemein gültig gefassten) Werten sieht, die bekämpft werden müsse und

1 Aktivistinnen wie Efua Dorkenoo und Berhane Ras-Work 1992 und ihre Organisationen FORWARD und IAC dringen schon lange darauf, von Verstümmelung zu reden. Obwohl das sachlich richtig ist, bevorzuge ich den weniger verurteilenden Ausdruck «Beschneidung». Die Bezeichnung FGM hat sich aber international durchgesetzt und wird auch von der WHO verwendet, die sich in einem langwierigen Prozess dazu durchgerungen hat, klar gegen die Praxis der Beschneidung Stellung zu nehmen (WHO 1994).

2 Beck 1991, Beck 1992a, Schädeli 1992, Béguin Stöckli 1991, Baumgartner/Beck/Béguin/Caviezel/Lüscher 1991, Caviezel 1992, Frei 1992, Gyürki 1992, Huber 1992, Krattiger 1992, Horat Weingartner 1993, Béguin Stöckli 1993.

dürfe. Seit vermehrt Menschen aus Afrika nach Europa, Nordamerika und Australien migrieren und u. a. auch die Beschneidungspraxis mitbringen, stellt sich ganz konkret die Frage, welche der beiden Positionen die Behörden der Aufnahmeländer einzunehmen haben. Eine Umfrage der Kolleginnen Doris Nyfeler und Dominique Béguin Stöckli (1994) bestätigte unsere Annahme, dass auch Schweizer Ärzte bereits mit beschnittenen Flüchtlingsfrauen konfrontiert worden sind und ein dringender Informationsbedarf besteht.

Die Arbeit von Nyfeler/Béguin führte zu einer Interpellation im Parlament, die den Bundesrat zu einer Stellungnahme zwang [s. Anhang, S. 139], wobei er sich (ohne Angabe der Quelle) auf Materialien stützte, die unsere Gruppe zusammengestellt hatte. Allmählich war aus einem Studienzirkel eine inoffizielle Auskunftstelle geworden, und wir gaben dem Unternehmen den Namen *antagem* [1]. Gemeinsam erarbeiteten wir zwei Informationsbroschüren (*antagem* 1994a und 1994b). Begründungen der Beschneidungspraxis, Verbreitung, Techniken und Folgen werden dort in kurzer Form vermittelt. Da ich diesen allgemeinen Hintergrund in meinem Text nicht noch einmal darstelle, verweise ich auf die im Anhang abgedruckten Teile dieser Broschüren.

Die vorliegende Arbeit [2] endlich beruht auf Gesprächen, die ich 1993 mit in der Schweiz lebenden Somali [3], in der Mehrzahl Frauen, geführt habe. Alle Gespräche drehten sich in erster Linie um *gudniin*, Infibulation, die in Somalia vorherrschende, radikalste Form der Frauenbeschneidung.

Zu diesem Thema Daten zu erheben, war zu Beginn ein für mich mit Skrupeln belastetes Unterfangen. Ich fürchtete, mit meinen indiskreten Fragen nicht nur somalische Tabus, sondern aus individuelle Frauen in ihren persönlichen Gefühlen zu verletzen, indem ich bei jeder einzelnen an schmerzliche Erfahrungen und Erinnerungen rühren würde. Zudem war ich in Klischee-Vorstellungen über generell unterdrückte Musliminnen und

1 *Ant*hropologists *A*gainst *Ge*nital *M*utilation (AnthropologInnen gegen Genitalverstümmelung). Unsere Erfahrungen mit Aktivistinnen wie Dorkenoo (1992) hatten gezeigt, dass Ethnologinnen tendenziell als eingefleischte Kulturrelativistinnen galten und deshalb als Gesprächspartnerinnen suspekt waren. Eine klare Stellungnahme war deshalb angezeigt.

2 Überarbeitete Fassung meiner unter dem Titel «Gudniin/Infibulation. Gespräche mit somalischen Frauen und Männern in der Schweiz», 1995 am Institut für Ethnologie der Universität Bern eingereichten Lizentiatsarbeit.

3 Seit Ausbruch des Bürgerkriegs Ende 1991 kommen vermehrt Menschen aus Somalia als Gewaltflüchtlinge nach Europa, nachdem die Repression des Militärregimes unter Diktator Siad Barre schon ab 1969 politische Dissidenten ins Exil gezwungen hatte [s. S. 26].

ihre Schamhaftigkeit befangen. «Meine» Somalierinnen räumten dann aber mit meinen Ängsten und Vorurteilen gründlich auf, indem sie mir bereitwillig, wortgewaltig und freimütig, manchmal unter olympischem Gelächter Auskunft gaben über ihr gesellschaftliches Umfeld, ihre Erfahrungen und Ansichten.

Meine Arbeit war für mich zuerst einmal persönlich motiviert. Noch immer verfolgte mich nämlich die Frage «Warum tut man das?», die mich und meine *antagem*-Kolleginnen als quälendes Leitmotiv ständig beschäftigte. Ich wollte aber nicht bloss besser verstehen [1], indem ich beschnittene Frauen direkt über die erlittene und gelebte Praxis befragte. Ich war zum Schluss gekommen, dass Frauenbeschneidung in Europa verhindert werden muss und darf. Die genitale Verstümmelung kleiner Mädchen ist nicht die kulturspezifische Privatsache bestimmter Ethnien, die geduldet werden soll, sondern ein Angriff auf die körperliche Integrität eines weiblichen Kindes.[2] Die Sicht der Somali auf ihre Praxis sollte mir deshalb auch Hinweise geben, welche Argumente allenfalls in der Präventionsarbeit greifen könnten. Ich wollte zudem abklären, ob Prävention überhaupt notwendig sei, d.h. ob viele Somali-Eltern auch in der Migration an der Praxis festhalten wollten. Aus diesem Grund konfrontierte ich schliesslich alle meine GesprächspartnerInnen mit der Tatsache, dass *gudniin* in der Schweiz illegal ist und jede/r mit Strafverfolgung zu rechnen hat, die/der seine Töchter «machen» lässt oder sich selber als *islaan waxguda* (BeschneiderIn) betätigt.[3] Somalische Reaktionen auf diese Information zu kennen, kann dazu beitragen, geschickter und kulturspezifischer zu argumentieren.

Gleichzeitig wollte ich durch die Befragung bereits beschnittener Frauen dazu beitragen, die adäquate medizinische, vor allem gynäkologische Betreuung dieser Frauen sicherzustellen [s. Anhang, S. 134].

1 Über die Annäherung ans Verstehen durch Gespräche im Rahmen einer (qualitativen) *enquête* vgl. das wunderbar schlanke, schlichte Methodenkapitel «Comprendre» in Bourdieu (1993: 903–25).

2 In den meisten westlichen Ländern fällt der Eingriff deshalb unter einen mehr oder weniger spezifischen Artikel der Strafgesetzgebung (gute Übersicht bei Nyfeler/Béguin Stöckli 1994). In der Schweiz gilt er nach Artikel 122 StGB als «vorsätzliche schwere Körperverletzung» [s. Anhang, S. 139].

3 In der Migration muss übrigens nicht nur afrikanischen SpezialistInnen das Handwerk gelegt werden, wie die Prozesse in Frankreich zeigten, sondern auch westlichen Medizinern. So wurde in England eine rege Operationstätigkeit angesehener Harley-Street-Ärzte aufgedeckt, was 1985 zum *Female Circumcision Act* führte. Die Schweizer Ärzteschaft wurde schon früh von ihrer Medizinisch-Ethischen Kommission (Schweizerische Akademie der medizinischen Wissenschaften 1983) in klaren Worten gewarnt [s. Anhang, S. 137].

Ich gliedere meinen Bericht in drei Teile:

Der erste Teil steckt das Umfeld ab und stellt dar, in welchem Rahmen die Gespräche geführt wurden und wie ich vorgegangen bin. Es folgt ein kurzer Abriss der historisch-politischen Hintergründe des Clankrieges in Somalia.

Der zweite Teil enthält die Aussagen meiner somalischen Gewährsleute. In kurzen, erzählerischen Abschnitten in assoziativer Folge werden die einzelnen Themen aufgegriffen. Dabei habe ich versucht, nicht bloss mit trokkenen Ergebnissen aufzuwarten, sondern Stimmungen fühl- und Stimmen hörbar zu machen.

Die Abschnitte sind untereinander durch Verweise in eckigen Klammern verknüpft, so dass man sie auch kreuz und quer lesen könnte.

Im dritten Teil fasse ich meine Forschungsergebnisse zusammen und stelle einige persönliche Nachgedanken zur Diskussion. Abschliessend belege ich eine andere Form des Nachdenkens über das Thema, indem ich afrikanische Mythen über den Ursprung der Frauenbeschneidung nacherzähle.

Das Umfeld

AUFBRUCH

«Vielleicht interessiert euch das: In unserem Zentrum ist eine junge Somalierin mit schlimmen Menstruationsbeschwerden. Ursache: wahrscheinlich eine zu kleine Vaginalöffnung nach Infibulation. Wir haben sie ins Frauenspital geschickt.»

Diese kurze Mitteilung einer Studienkollegin gab Anfang des Jahres 1992 letztlich den Anstoss zu der vorliegenden Arbeit. Zuerst allerdings versetzte sie uns «Spezialistinnen» von *antagem* in einen Schockzustand. Wir debattierten zwar geradezu geläufig über ein afrikanisches Thema. Doch nun war da plötzlich eine betroffene Frau in einer mitteleuropäischen Stadt. Es wurde unmöglich, weiterhin das Wissen zu verdrängen, dass seit 1991 Somali-Frauen in unserer Nähe lebten, infibulierte Frauen, die selber spezielle gynäkologische Probleme mitbrachten und gleichzeitig kleine Töchter hatten, die sie möglicherweise würden beschneiden wollen. Unser Buchwissen sollte nun also praktisch umgesetzt werden in Aufklärungs- und Präventionsarbeit.

Nach einer längeren Phase der Ratlosigkeit, was wie zu tun sei, beschlossen zwei *antagem*-Kolleginnen und ich, den Kontakt zu somalischen Flüchtlingsfrauen zu suchen und sie in klassischer EthnologInnen-Manier zu befragen. Es erschien uns sinnvoll, zuerst Erfahrungen, Bedürfnisse, Meinungen und Vorstellungen der Betroffenen in Erfahrung zu bringen und daraus dann das weitere Vorgehen zu entwickeln.

Als wir nach drei Monaten noch mit keiner einzigen Somalierin gesprochen hatten, wandten wir uns an eine Assistentin am Institut für Ethnologie und baten sie um Supervision. Es war nämlich klargeworden, dass wir von Skrupeln und Ängsten gelähmt waren. Gespräche und Tagebuchaufzeichnungen bewirkten, dass sich unsere Motive und Absichten klärten und wir endlich erste konkrete Schritte unternahmen.

Zuerst kontaktierten wir als «Ressourcen-Person» einen seit langem in der Schweiz ansässigen, als Übersetzer tätigen Somali. Er sprach dann seinerseits mit einer somalischen Ärztin und bat sie, mit uns zu reden. Damit war das Eis gebrochen, und wir trafen bald darauf zwei weitere Frauen. Jedesmal gingen wir beschwingt von dannen, denn das Gespräch floss leicht, die Antworten kamen prompt und klar. Vor allem war da eine erlösende Bereitschaft zum Lachen, zum Wortspiel, zur Ironie.

Nach dieser euphorischen Phase der ersten Schritte im Feld kam das gemeinsame Werk aber ins Stocken, und schliesslich gestanden die Gefährtinnen, dass sie im Studium andere Prioritäten setzen müssten oder wollten. So fuhr ich allein in die Zentren und führte zwar einige gute Gespräche, erlebte aber auch erstmals die klassischen Tücken der Feldarbeit: Die vielversprechendste Informantin setzt sich eines Tages unverhofft in ein liberaleres Exilland ab. Eine andere erscheint verschiedentlich nicht zum Rendezvous. Eine weitere will ihren etwa fünfzehnjährigen Sohn als Übersetzer dabeihaben, was intimere Frauengespräche verunmöglicht. Und eine vierte benutzt mich virtuos als Klagemauer und Spenderin von Gebrauchsgütern, was in ihrer Lage durchaus berechtigt ist, mich aber an meiner Befähigung zur Forscherin zweifeln lässt. So hören meine *antagem*-Gefährtinnen von mir kaum Daten, dafür alles über meine Mühen bei deren Beschaffung. Im Frühjahr 1993 kommt es zu einer schweren persönlichen Krise, die mir alle Lust an Projekten und Plänen nimmt. An einer *antagem*-Sitzung erwähnt dann eine Kollegin, dass am 27. April 1993 ein erstes Kontingent anerkannter somalischer Flüchtlinge in einem Integrationszentrum der Caritas eintreffe. Schon wieder ein Schock und der Appell: «Da sollte man etwas machen.» Noch in der gleichen Nacht wird mir klar: «Da soll *ich* etwas machen.» Am 22. April überrede ich den Leiter des Zentrums, mich als Hilfsbetreuerin anzustellen. Als die Flüchtlinge eintreffen, bin ich mit dem Team am Flughafen.

ARBEITSORT

Caritas Schweiz hat im Auftrag des Bundes ein altes Hotel am Ufer eines bergumstandenen Sees renoviert und zum Integrationszentrum für etwa achtzig Flüchtlinge umgebaut.

Integrationszentren dienen der ersten Aufnahme der Flüchtlinge aus den jährlichen Kontingenten, zu denen sich die Schweiz verpflichtet hat. Die Flüchtlinge werden vom UNHCR im Erstaufnahme-Land befragt und nach bestimmten Kriterien ausgewählt, dann aufnahmewilligen Drittländern zur Neuplazierung vorgeschlagen. In der Schweiz prüft das Bundesamt für Flüchtlinge (BFF) die Dossiers, erstellt eine bereinigte Liste und erlaubt dann die Einreise.

Die nach diesem Modus in die Schweiz geholten Personen gelten als anerkannte Flüchtlinge, erhalten ohne weitere Umstände eine Aufenthalts- und Arbeitsbewilligung (Ausweis B) und Reisedokumente. Die Startbedingungen sind also entschieden besser für diese Gruppen als für einzeln einreisende Asylsuchende, die nicht arbeiten dürfen und ein Asylgesuch zu stellen haben, das nach langwierigem Verfahren in den meisten Fällen abgelehnt wird. Der Aufenthalt von vier bis fünf Monaten in einem Integrationszentrum vor der endgültigen Plazierung in einer Gemeinde soll die Chancen erfolgreicher Integration [1] erhöhen.

Die Somali, mit denen ich in der Folge während fünf Monaten lebte und arbeitete, kamen fast alle aus dem Utange-Camp bei Mombasa in Kenia, zwei Personen, die später eintrafen, aus einem Lager in Jemen.

Für einen Listenplatz qualifiziert hatten sich einerseits Leute mit Handicap, d.h. mit einer Kriegsverletzung oder einer angeborenen Behinderung, von der man annehmen konnte, dass eine medizinische Behandlung in der Schweiz weitgehende Pflegeunabhängigkeit der PatientInnen ergeben werde. Zehn Personen (zwei Frauen, acht Männer) gehörten zu dieser Kategorie. Sie wurden von insgesamt achtzehn Angehörigen begleitet.

Women at Risk bildeten die zweite Gruppe. Darunter sind junge, alleinstehende Frauen zu verstehen und Mütter von Kleinkindern, deren Väter im Krieg verschollen oder umgekommen sind. Risk heisst im Klartext sexuelle Gewalt, die auf der Flucht und im Lager allen Frauen, Alleinstehenden aber vermehrt droht (Aitchison 1984, Fortes und Hendriks 1990). Fünf junge Frauen kamen allein, sechs mit ihren insgesamt zwanzig Kindern [2] (ein weiteres wurde in der Schweiz geboren), zu denen sich noch drei Tanten, zwei Grossmütter und ein Grossonkel gesellten, so dass das ganze Kontingent fünfundsechzig Personen umfasste.

Das ständige siebenköpfige Betreuungsteam deckte folgende Bereiche ab: Zentrumsleitung, stellvertretende Leitung, Sprach- und Sozialunterricht, Animation, psychologische Beratung, Spiel und Sport, Gesundheit, Vorschulkinder, Werken, Administration. Vier Nachtwachen sicherten im Turnus Nachtruhe und Notfalldienst. Die Anstellung von Hawa Duale Frit-

1 Was unter «Integration» zu verstehen sei, war zur Zeit meiner Tätigkeit im Zentrum unklar, weil die Arbeit von Vertretern der Hilfswerke und des BFF an einem Grundlagen-Papier noch nicht abgeschlossen war. Dieser Umstand bereitete dem Team einiges Unbehagen, weil der Auftrag des Bundes an die Caritas und die Arbeitsziele gar nicht formuliert waren. Ich werde deshalb nur darstellen, wie das Team den Zentrumsbetrieb organisiert hatte, um nach bestem Wissen und Gewissen auf seine Schützlinge integrierend zu wirken.

2 *Fostering* (in Pflege nehmen) und Adoption von Kindern ist in Somalia (Lewis 1961) geläufig. Einige Kinder in der Gruppe waren denn auch nicht Kinder in unserm Sinn, sondern Nichten/Neffen oder junge Geschwister, die die Frauen freiwillig oder unter Druck der Familie mitgenommen hatten, um sie in Sicherheit zu bringen. Alter und Namen der Kinder wurden von den «Eltern» in diesen Fällen so angepasst, dass eine listenkonforme Familie entstand.

sche als Übersetzerin für das Somali-Kontingent war befristet. Ein Nachmittag in der Woche war für die Teamsitzung reserviert, an der koordiniert, geplant, über Probleme und Integration gesprochen wurde. Der Betrieb war oft hektisch, das Team eigentlich zu klein für die Betreuung rund um die Uhr an sieben Tagen in der Woche. Alle mussten regelmässig Aufgaben übernehmen, die nicht direkt in ihren Bereich fielen, sich darüber rasch mit KollegInnen absprechen etc. Das Team funktionierte ausserordentlich gut, auch unter Stress. Der Umgangston war offen und freundlich, gegenseitige Hilfe war eine Selbstverständlichkeit, Konflikte mündeten nicht in Machtspiele. Es wurde auch viel gelacht, getratscht und debattiert.

Ich fühlte mich im Team aufgehoben und wohl. Ich wurde sofort freundlich aufgenommen, fand in Not Beistand und Zuspruch, erhielt auch volles Mitspracherecht, obwohl ich dem Kreis nur vorübergehend als Praktikantin und als Amateurin angehörte und offiziell weniger [1] arbeitete als die anderen. Meiner ethnologischen Arbeit brachten alle lebhaftes Interesse entgegen.

Ich war allerdings nach Aussage eines Kollegen auch ein Glücksfall für das Team. Er meinte damit nicht (nur!) meinen Charme, meine Talente, meinen Eifer, sondern den Umstand, dass eine weitere, unverhoffte Mitarbeiterin, der man ihrem Alter (52) nach etwas Verstand, Tatkraft und Selbständigkeit zutrauen durfte, einfach willkommen war.

Ich hatte mich den Zentrumsleiter ausdrücklich nicht als Ethnologin («die mit Papier und Bleistift herumsteht, die Leute mit Fragen verrückt macht und als Akademikerin immer alles besser weiss...») angedient, sondern als Hilfsbetreuerin, die er überall einsetzen könne. Dies nicht nur, weil ich glaubte, mich so «besser verkaufen» zu können. Ich wollte auch ganz bewusst versuchen, das Vertrauen meiner InformantInnen zu gewinnen, indem ich zuerst unter Einsatz meiner ganzen Person etwas für sie und mit ihnen *tat*. So übernahm ich den Bereich Vorschulkinder ganz, sass oft (manchmal ratlos, aber tapfer bluffend) als Barfuss-Ärztin im Krankenzimmer, fuhr Leute zum Zahnarzt und hielt ihnen (sprachlos-hilflos) die Hand, trieb die gelegentlich explosiven Jungen/Jungmänner zur Abkühlung ins Strandbad, dilettierte als Französischlehrerin für

1 Ich hatte eine 60%-Stelle, arbeitete aber nach Bedarf freiwillig 2 bis 3 Tage im Monat mehr und war auch abends verfügbar, wenn es brannte. Mein Praktikantinnen-Lohn war bescheiden und in keinem Verhältnis zu meiner Arbeitsleistung, aber er machte mich glücklich: Ich arbeitete bezahlt als Ethnologin!

AnalphabetInnen, amtete als (versagende) Ordnungsmacht in brodelnder Gemeinschaftsküche. Und hatte viel Stress, aber noch mehr Spass dabei.

Am liebsten war mir die Arbeit im von mir organisierten und gemeinsam mit den Müttern betriebenen Kindergarten, wo ich ganz direkten Zugang fand zu meiner Zielgruppe. Mit den Kindern war Verständigung über Sprache zwar nicht möglich, und zu oft konnte ich meine Absichten bloss durch Herumschreien, -zerren und -fuchteln kundtun, aber das schien meine Schützlinge nicht negativ, auch nie sehr nachhaltig zu beeindrucken. Dass ich «meine» sieben wilden, aber trotz Flucht und Lager nicht verwilderten, schönen und hellwachen Kinder schon nach kurzer Zeit heiss liebte und von ihnen, das weiss ich, zurückgeliebt wurde, war beglückend. Gefühle gelten im Wissenschaftsbetrieb nicht unbedingt als Instrumente der Erkenntnis. Ich glaube aber, dass der Umstand, dass ich diese Kinder mit grossmütterlicher Intensität liebte, beschützte, anschrie und verwöhnte und auch viele Erwachsene spontan sehr mochte, nicht nur die Betreuungsschwerarbeit für mich erfreulicher machte, sondern die eigentliche Feldarbeit als Ethnologin erst ermöglichte.

Ich wurde den Somali an der ersten Haussitzung als Mädchen für alles vorgestellt. Was diese ganz wörtlich nahmen. Es dauerte eine ganze Weile, bis ich begriff, dass das herablassende Verhalten vor allem der Männer, die mich ständig zu kleinen Dienstleistungen heranziehen wollten und sich zum Beispiel bei der lästigen Putzkontrolle von mir gar nichts sagen liessen, sich nicht auf mich, eine mittelalterliche, akademisch gebildete Dame, bezog, sondern auf ein ältliches Dienstmädchen – eine an sich charakterbildende Erfahrung. Schliesslich bat ich den Zentrumsleiter, mir die Leitung einer Haussitzung zu übertragen, um mir etwas von seiner Autorität zu borgen. Aber ich konnte mir eigentlich erst Gehör verschaffen, als ich zwei Alpha-Männern verriet, ich sei (angehende! – aber das verschwieg ich) Ethnologin, und mit meinen Kenntnissen über somalische Geschichte und Kultur herumbluffte…

Ich hätte meine ethnologischen Interessen gern länger für mich behalten, weil ich fürchtete, meine «Studienobjekte» kopfscheu zu machen. Später erwiesen sich diese Befürchtungen als unbegründet, weil mir vor allem für meinen Einsatz zum Wohl der Kinder Vertrauen und Wertschätzung entgegengebracht wurden. Schliesslich waren mir alle bereitwillig zu Gefallen, die ich um ein Interview über *gudniin* bat. Da ich jeweils in einem an sich für Flüchtlinge bestimmten freien Zimmer übernachtete, hatte ich auch in der Freizeit mehr Kontakt zu den Leuten als meine KollegInnen, lernte die Gesichter und die (hochgradig rhetorischsonoren[1], nachts nur mit Ohropax zu dämpfenden) Stimmen rascher kennen, wurde selber zur vertrauten Gestalt. Allerdings ging der Leiter nur ungern auf meinen Wunsch ein, im Zentrum zu wohnen, um möglichst viel «teilnehmende Beobachtung» zu üben, weil er wusste, dass mangelnde Abgrenzung über kurz oder lang zum Zusammenbruch führt. Tatsächlich verbrachte ich meine Freitage schlafend, weil ich im Zentrum chronisch zu wenig Schlaf und praktisch keine Freizeit hatte, wohlverstanden völlig freiwillig. Ich pflegte meine Abende nämlich schwatzend, rauchend und trinkend im Teambüro zu verbringen, zusammen und im besten Einvernehmen mit der Übersetzerin Hawa. Da die Leute uns beide besser kannten als die Nachtwachen, wandten sie sich meist eher an uns, so dass wir medizinische Notfälle betreuten, Schlichtungsgespräche führten oder mit BesucherInnen plauderten, welche die Einsamkeit, Neugierde oder ein Kummer zu uns führte. Das war natürlich ganz nach meinem Ethnologinnengeschmack, aber nicht ganz im Sinne des Zentrumsleiters, der uns – völlig zu Recht – verschiedentlich anwies, mehr Distanz zu wahren. Nicht nur waren wir am Morgen manchmal erschöpft, sondern bildeten zeitweise ein eigentliches Schattenkabinett, das in Eigenregie Entscheidungen traf, Strategien ausheckte etc. Vor allem hörten wir alle Geschichten zuerst, hatten damit einen Vorsprung an teils nützlicher Information, teils reinem Klatsch. Es spricht für die Qualität des Umgangs im Team, dass das Thema «Abgrenzung» nicht zum grossen Konflikt führte, sondern beim «Schattenkabinett» zur Einsicht, etwas Zurückhaltung zu üben, bei den anderen zur Duldung des abendlichen Treibens, als sich erwies, dass durch unsere tatkräftige Anwesenheit eben doch manchmal Konflikte gelöst, Notfälle bewältigt wurden. Übrigens betrieb ich auch meine Forschungen fast ausschliesslich nach Feierabend in meiner (und Hawas!) Freizeit.

1 Die Liebe der Somali zu schöner Rede und zur Dichtkunst (Andrzejewski–Lewis 1964, Laurence 1993, S. Samatar 1982) ist ausgeprägt – eine Liebe, die ich bedingungslos teile. Ich verstand ja nicht, was sie sagten, wusste aber auch in Übersetzung ihr schwungvolles Reden als Kunstform zu schätzen und hörte ihren «Arien» gern zu. Ich erfuhr auch selber das Reden als wirksame Waffe, als ich in einer Runde erbittert streitender (eine weitere Kunstform!) Somali, zwischen denen ich vermitteln sollte, entnervt mit der Faust auf den Tisch schlug und (englisch) eine Brandrede hielt, die mir eigentlich übertrieben dramatisch und kontraproduktiv vorkam. Aber man hörte mir staunend zu, und als ich verstummte, lachte der eine Hauptredner und -streiter, der mir bisher in allem lautstark und heftig widersprochen hatte, aus vollem Hals, reichte mir über den Tisch die Hand und rief: *«Good! Good woman! Like man!»* Damit war der Streit erloschen, ich blieb allein zurück und fühlte mich als ganzer Kerl.

Ich arbeitete fünf Monate im Zentrum. Als ich wegging, waren die ersten Familien mit einigen «meiner» Kinder bereits in einer Gemeinde plaziert, meine Interviews hatte ich in der Tasche. Eine schöne Zeit war vorbei. Etwas wehmütig, zufrieden und sehr müde kehrte ich ins Schreibtischleben zurück.

VORGEHEN

Es ist klar, dass ich im Alleingang keine flächendeckende, statistisch relevante Studie liefern kann. Das «Sample» wurde nicht gezielt zusammengestellt, sondern ergab sich in erster Linie durch die Zusammensetzung der Somali im Zentrum, das sozusagen mein «Dorf» war, in dem ich die meisten meiner InformantInnen fand. Einige andere Kontakte knüpfte ich an meinem Wohnort. Umfang und Ergebnisse meiner qualitativ orientierten Arbeit sind im Kapitel «Ergebnisse und Nachgedanken» in Zahlen dargestellt [s. Seite 117].

Die ersten Gespräche in Bern liess ich einfach laufen, notierte kurz einige Angaben zur Person. Anhand der anschliessend erstellten Gedächtnisprotokolle notierte ich mir Fragen, die ich beim nächsten Gespräch stellen wollte, falls es dazu kommen sollte. Alle Fragen kamen auch in einen «Ideentopf», den ich mit meinen beiden ursprünglich an dem Projekt beteiligten Kolleginnen gemeinsam speisen wollte. Daraus sollte ein Fragebogen entwickelt werden, auf den wir uns alle stützen könnten, um einigermassen vergleichbare Aussagen zu erhalten. Als sich meine Kolleginnen zurückzogen, fügte ich den Inhalt des Ideentopfes allein zu einem Fragebogen zusammen, der mir als Gedächtnisstütze bei meinen Gesprächen diente, die man als Leitfaden-Interviews bezeichnen kann. Ich schrieb die Antworten stichwortartig ins Fragebogenformular, im Gesprächseifer manchmal eher kryptisch, und ergänzte die Notizen möglichst gleich anschliessend aus dem Gedächtnis, wobei ich oft bedauerte, mein Tonbandgerät nicht benutzt zu haben. Davon hatte ich abgesehen, nachdem die Mitteilsamkeit einer Frau deutlich zurückgegangen war, als das Band lief, und ich selber fand, durch das Ding gerate das Gespräch zum Verhör.

Im Vorspann zum eigentlichen Fragebogen hatte ich auch Fragen vorgesehen, die den Einstieg ins Gespräch erleichtern und die befragte Person darauf vorbereiten sollten, auch über sehr persönliche Dinge zu sprechen. Die Fragen bezogen sich auf Familien- und Fluchtgeschichte, Ausbildung, Auslandsaufenthalte, Clan-Zugehörigkeit[1]. Da mein Sample nicht ausreichte für schlüssige Aussagen über Zusammenhänge zwischen z. B. Bildungsstand/Klasse und Einstellung zur Frauenbeschneidung oder Clan und Frauenbeschneidung, erhob ich diese Daten nicht detailliert.[2] Beim Teetrinken erfuhr ich natürlich viele bewegte und bewegende Lebensgeschichten, schrieb sie aber nicht auf, weil ich beim Thema *gudniin* bleiben wollte.

Schon bei den ersten Gesprächen zeigte sich, dass es unnötig war, mich mit im Grunde verlogener Behutsamkeit an ein vermeintlich heisses Eisen heranzutasten. Die Frauen kamen nämlich gleich zur Sache, nachdem ich ihnen mein Anliegen in einer kurzen Rede vorgetragen hatte. Obwohl meine Absichtserklärung manchmal etwas feierlich geriet und die Frauen, wie mir schien, nur mässig daran interessiert waren, dass ich für die Universität, zu ihrem Besten, unter Wahrung der Diskretion etc. arbeiten würde und ihnen für ihr Mitwirken dankbar sei, hielt ich an meinen einleitenden Sätzen fest, weil mir schien, meine Berufsethik verlange das.

Ein Kollege, der einmal, mit Einwilligung meiner GesprächspartnerInnen, als stummer Beobachter dabei war, wies mich in seinem Feedback auf einen «Knick» in meiner Methode hin: Ich fragte sowohl Frauen wie Männer, was sie mit ihren (zukünftigen oder bereits geborenen) Töchtern tun wollten bzw. bereits getan hatten. Und dann konfrontierte ich sie mit der Tatsache, dass *gudniin* und alle andern Formen von Frauenbeschneidung gegen das Schweizer Gesetz, auch gegen das «Volksempfinden» verstossen. Mein Kollege fand dieses Vorgehen unfair, unethisch und methodisch unsauber: «Sie sagen dir im Vertrauen, was sie machen wollen, und du sagst ihnen hinterher, dass sie das nicht dürfen!» Datenerhebung und «Agitation» seien zu trennen. Ich musste ihm recht geben, fand aber flugs mildernde Umstände: Die Agitation diene nicht bloss einem Abschreckungsgedanken. Es sei mir auch daran gelegen, den Frauen beizeiten mitzuteilen, dass sie sich selber in Schwierigkeiten brächten, falls sie ihre Töchter in der Schweiz «machen» wollten.

Ich würde diese freundschaftliche Warnung heute aber nicht mehr einzeln vorbringen, sondern vor versammelter Frauenschar, wo die Frauen, gemeinsam stark, ihren Emotionen Luft machen könnten. Die einzelnen

1 Die Clan- bzw. Subclan-Zugehörigkeit ist im Denken und Fühlen der Somali zentral und führte auch im Zentrum zu heftigen, für uns weitgehend rätselhaften Konflikten. Für die Darstellung des Systems und seiner Ideologie verweise ich auf S. Samatar (1991) und Lewis (1961).

2 In der Literatur gibt es nirgends einen Hinweis, dass bestimmte Clans nicht oder weniger radikal beschneiden.

Frauen – anders als gewisse Männer – reagierten nämlich kaum, zuckten nur die Achseln, und ich glaubte, ein leises «Wir werden dann sehen» zu hören.

Vielleicht waren manche auch gar nicht überrascht, sondern wussten längst, was ich ihnen sagen wollte; unter den Frauen verbreiteten sich die Informationen rasch. Das Wissen um das Verbot schien aber die Antworten nicht zu beeinflussen. Jedenfalls hatte ich nie den Eindruck, dass die Frauen nicht zu ihren Meinungen standen. Keine beteuerte: «Klar mach' ich das nicht mehr! Ich weiss doch, dass das bei euch nicht geht!» Die Gegnerinnen der Frauenbeschneidung sagten: «Das mach' ich nicht mehr, weil ich es nicht gut finde.»

Natürlich ist niemals ganz auszuschliessen, dass man zu hören bekommt, was man hören will. Die Aussagen von Pia [Sunna I, S. 36] und Lisa [Nadel und Faden, S. 104] haben mich aber im Glauben bestärkt, dass meine unzulänglichen Methoden ehrliche Antworten nicht völlig verhindert haben.

Mein Vorsatz, laufend über alle Vorgänge im Zentrum Tagebuch zu führen, kam nicht über ein Schema hinaus, das mir hätte helfen sollen, regelmässig zu bestimmten Punkten Notizen zu machen, z.B. über Interaktionen zwischen mir und dem Team, mir und bestimmten Flüchtlingen etc. Das Tagebuch starb, weil ich ja tagsüber nicht hauptamtlich beobachtete, sondern intensiv teilnahm, d.h. schlicht als Betreuerin arbeitete. Abends war ich entweder erschöpft oder redete mit der Übersetzerin Hawa. Viele Abläufe sind deshalb nicht schriftlich, sondern nur als *headnotes* (Kopfnotizen, nach einer Prägung von Ottenberg 1990) festgehalten, d.h. ich stütze mich sehr stark auf mein Gedächtnis, so dass ich wie ein Informant von Jackson in dem ergötzlichen und entlastenden Band *Fieldnotes. The Makings of Anthropology* (Sanjek 1990) sagen könnte: «*I am a fieldnote* (Ich bin eine Feldnotiz).»

ÜBERSETZUNG

Einige Gespräche führte ich allein, weil gebildete Somali, Frauen und Männer, meist fliessend Italienisch oder Englisch oder beides und obendrein Arabisch sprechen. Im Zentrumsalltag wirkten diese Sprachkundigen als SpontanübersetzerInnen, was den Betrieb sehr erleichterte. Sogar die paar Brocken Englisch, die einzelne Kindergartenkinder aus Kenia mitbrachten und geschickt einsetzten, ermöglichten eine rudimentäre Kommunikation, die ich allmählich bereicherte durch ein paar Elementarsätze in Somali, später in Französisch[1]. Leider handelte es sich dabei vorwiegend (nicht unsomalisch im Umgang mit Kindern) um Kurzbefehle wie «Ruhe! Setzen! Komm her!»

Bei den meisten Gesprächen im Zentrum übersetzte für mich Hawa Duale Fritsche. Hawa, Somalierin, seit dreieinhalb Jahren in der Schweiz und mit einem Schweizer verheiratet, spricht fliessend Deutsch (auch Italienisch, Englisch, Arabisch und Suaheli).

Hawa hatte es nicht leicht. Obwohl sie in beeindruckendem Ausmass integriert war, sich selbständig und energisch bewegte, ihr Schweizer Umfeld durchschaute und ertrug, teilweise auch schätzte, gab es für sie Momente des totalen Befremdens über Schweizer Denkart im Team. Es fiel ihr schwer, wenn man von ihr verlangte, als blosse Übersetzerin den versammelten Somali Anordnungen weiterzugeben, die ihr selber hart oder unsinnig vorkamen. Und der Zorn ihrer Landsleute entlud sich oft über Hawa, von der bedingungslose ethnische Solidarität erwartet wurde. So wurde sie etwa beschuldigt, nicht richtig übersetzt zu haben, wenn zum Beispiel eine Klage beim Zentrumsleiter auf taube Ohren stiess.

Da wir abends viel zusammen waren, erlebte ich intensiv mit, wie sehr das Gefühl, weder hüben noch drüben zu sein, Hawa belastete. Manchmal gelang es mir, ihre Verzweiflung zu entschärfen, indem ich zuhörte, tröstete, Unverständliches übersetzte.

Ich war froh um diese Gelegenheit zur «Reziprozität». Man hatte mir ausdrücklich erlaubt, für meine Forschungen über *gudniin* Hawas Dienste zu beanspruchen. Hawas Einsatz für meine Sache ging aber weit über ihr eigentliches Pflichtenheft hinaus. Nicht nur übersetzte sie bereitwillig in ihrer Freizeit für mich. Sie ermahnte mich auch wiederholt, meine Arbeit endlich voranzutreiben. Bei den Interviews fragte sie oft mit oder hakte nach und besprach hinterher die Antworten mit mir, wies auf Lücken hin und erhellte manches Rätsel für mich. Sie übersetzte so flink und geläufig, dass ich meist das Gefühl hatte, ich spreche direkt mit meinem Gegenüber. Ihr Eifer, mich alles mitbekommen zu lassen, ging so weit, dass sie ein Privatgespräch, das sie mit einem somalischen Bekannten mir zuliebe bereits auf Italienisch führte, ganz automatisch auch noch ins Deutsche übersetzte!

Hawa übersetzte für mich nicht nur Sprache, sondern auch den kultu-

1 Im in der deutschen Schweiz gelegenen Zentrum wurde französisch gelehrt und, wenigstens theoretisch, überall im Betrieb auch gesprochen, weil die Flüchtlinge in der französischsprachigen Schweiz plaziert werden sollten.

rellen Kontext. Sie erklärte mir zum Beispiel, weshalb ein/e Somali nicht dankt (weil ein grossmütiger Geber Dank als überflüssig und beleidigend empfindet), so dass ich begriff, weshalb sich «meine» Kinder so schwer taten damit. Ich trainierte sie dann gezielt aufs Dankesagen, das ihnen den Umgang mit SchweizerInnen erleichtern würde.

Hawa war also für mich die Assistentin, von der FeldforscherInnen träumen: hilfsbereit, aktiv, sprachgewandt, hochintelligent. Zudem war Hawa auch eine scharfsinnige Informantin zum Thema *gudniin*. Das professionelle Zusammenspiel lief sicher so glänzend, weil wir einander sehr mochten, alle Abende freiwillig zusammen verbrachten, miteinander assen, tranken, rauchten und bis tief in die Nacht über Gott, die Welt und höchst Privates redeten. Noch heute sehen wir uns oft und gern, besuchen gemeinsam somalische Freunde und bereden alle Neuigkeiten aus Somali-Netzwerk und Privatleben. Deshalb ganz unsomalisch: Hawa, tausend Dank. Meine Abende im Zentrum wären von Einsamkeit, meine Forschungen von Ratlosigkeit geprägt gewesen ohne dich.

PERSÖNLICHKEITSSCHUTZ

Es ist mir zuwider, Menschen mit Buchstaben oder Zahlen zu belegen und zu schreiben: A. sagte, Sieben meinte. Ich habe meinen Gewährsleuten deshalb Namen gegeben. Da mir keine anderen Namen als die meiner Gewährsleute bekannt sind, manche davon überdies mehrfach vertreten waren, wäre ich selbst in Verwirrung geraten, hätte ich die Somali-Namen einfach vertauscht und Halima Hawa, Hawa Halima genannt. Ich habe deshalb durchweg italianisierende Namen gewählt, die für mich Deutschschweizer Protestantin gerade den richtigen Beiklang einer anderen Sprache, Kultur und Konfession haben, mir aber trotzdem nicht wirklich fremd sind. Auch die meisten Somali kamen mir nicht sehr fremd vor, ein glücklicher Umstand, der sich wie jede Sympathie oder Seelenverwandtschaft der Analyse durch den Verstand entzieht.

Italienische Namen erlauben es mir zudem, ganz für mich gewisse Eigenschaften der AkteurInnen verschlüsselt mitzudenken, was durch die ausgeprägte Neigung der Somali, nicht immer schmeichelhafte Spitznamen zu erfinden, ausreichend legitimiert ist. Die Gefahr, dass die somalischen Akteurinnen und Akteure meine Arbeit lesen, sich und andere erkennen könnten, ist gering. Die ganze Taufaktion schützt in erster Linie Hawa, deren Aussagen vom Team des Zentrums und von Hawas Schweizer Schwiegerfamilie gelesen werden könnten. Aus Diskretionsgründen muss ich leider auch Hawas pointierte Äusserungen zu Schweizer Sitten und Gebräuchen, insbesondere aber über Schweizer Männer ganz ausklammern.

GESCHICHTLICHER HINTERGRUND

Als feststand, dass ich mit Somali-Frauen arbeiten würde, begann ich mich einzulesen in Geschichte und Kultur der Somali, von denen ich nur wusste, dass sie ihre Frauen infibulierten und nun nach Europa kamen, weil in ihrem Land am Horn von Afrika Hunger und Bürgerkrieg herrschten. Aus der Presse waren mir wenig Informationen über die Hintergründe des somalischen Elends in Erinnerung geblieben, bloss schlimmste Hunger- und Kriegsbilder, Bilder auch einer telegen inszenierten Landeaktion amerikanischer Freunde und Helfer.

Damit die Aussagen meiner Gewährsleute nicht in einem geschichtslosen Raum schweben, zeichne ich die Umrisse einer afrikanischen Tragödie nach: Kolonialisierung durch Italien und England; Kampf um die Unabhängigkeit; nach dem Zweiten Weltkrieg tritt England den Ogaden, das wichtigste Weidegebiet der somalischen Nomaden, an den alten Feind und Nachbarn Äthiopien ab, was 1974 zum für Somalia ruinösen Ogaden-Krieg führt. 1960 Unabhängigkeit und Errichtung einer Demokratie nach westlichem Muster; Aufschwung und Niedergang der jungen Republik; Sozialismus unter Siad Barre mit ausgeprägter Vetternwirtschaft zugunsten seines Subclans (Darood-Mareehaan); Bündnisse zuerst mit der Sowjetunion, dann mit den USA, die während des Kalten Kriegs beide lebhaft an dem strategisch wichtigen Land am Horn von Afrika interessiert sind und es grosszügig aufrüsten mit modernsten Waffen, die nun im Krieg der Clans ihren schrecklichen Dienst tun; zunehmend repressive Innenpolitik und Militäraktionen gegen die Mitglieder anderer Clans, die endlich zu den Waffen greifen; Sturz und Flucht des Diktators; erbitterter Kampf der verschiedenen Kriegsherren um die Macht; weitgehende Zerstörung von moderner Infrastruktur und Landwirtschaft, Hunger, Flüchtlingsströme im Landesinnern und ins Ausland; Einsatz von Blauhelmen, die Hilfslieferungen sichern, aber keinen Frieden stiften können; Verschwinden Somalias aus Presse und Fernsehen.

Dass es die geographische Lage ist, die Somalia zum historischen Verhängnis geworden ist, entbehrt nicht der bitteren Ironie. Strategisch hat Somalia seine Bedeutung verloren, weil modernste Waffentechnik ohne

Stützpunkte am unwirtlichen Horn von Afrika auskommt, wo nie viel zu holen war ausser Kamel- und Rindfleisch, Leder, Bananen. So werden in Zukunft Kredite und Spenden spärlicher fliessen als die Militärhilfe in früheren Jahren, obwohl nach diesem Krieg Somalia mehr denn je auf Solidarität angewiesen sein wird.

Bodenschätze wie Erdöl könnten die «Freundschaft» der USA und Europas jäh wiederbeleben. Ich werde nämlich den Verdacht nicht los, die Aktion *Restore Hope* sei nicht rein humanitär motiviert gewesen. Im Moment verhindert der Krieg die Ausbeutung eventueller Bodenschätze. Doch auch im Frieden ist es fraglich, ob sprudelnde Ölquellen das Volk der Somali zu Glück und Wohlstand für alle führen würden. Vielmehr werden sich die herrschende Elite und vom Westen beherrschte Ölgesellschaften bereichern.

An sich wären die Bedingungen für einen funktionierenden modernen Staat in Somalia relativ günstiger als anderswo in Afrika: Die (vor dem Krieg) rund fünf Millionen Somali sprechen dieselbe Sprache, sind alle Muslime, gehören zur selben Ethnie. In neuster Zeit entwickelt aber das Clan-System in Somalia eine ähnliche Sprengkraft wie die oft ethnisch motivierten Konflikte in den afrikanischen Vielvölkerstaaten.[1]

1 Meine Kurzdarstellung beruht auf folgenden Quellen: Barcik/Normark (Ed.) (1991), Bongartz (1991), Laitin/Samatar (1987), Lewis (1961, 1988), Matthies (1992), Michler (1993), Omar (1992), A. Samatar (1988), S. Samatar (1982, 1991).

Die Gespräche

HANDWERKLICHE VORBEMERKUNG

Seit Beginn des 20. Jahrhunderts pflegen sich EthnologInnen ins (vorzugsweise aussereuropäische) Feld zu begeben, dort in teilnehmender Beobachtung mindestens ein Jahr Daten sammelnd im Dorf auszuharren und nach der Rückkehr akademische Bücher zu schreiben. Die Frage, ob sie mit diesen Büchern *science*, *fiction* oder *science fiction* produzieren, gibt Anlass, weitere akademische Bücher über das Schreiben zu schreiben. Viel Tinte fliesst insbesondere für und gegen die postmoderne Rede von *Writing Culture* (Clifford/Marcus (Ed.) 1986). Diese Begriffsprägung für anthropologisches Tun deutet an, dass EthnologInnen Kultur(en) nicht bloss be-schreiben, sondern er-schreiben, herbei-schreiben. Gleichzeitig ist Schreibkultur mitgemeint.

Obwohl ich nicht glaube, dass allein schon die experimentellen Schreibweisen der literarischen Wende in der Anthropologie zu grundsätzlich anderen, besseren und vor allem politisch korrekteren, zum Beispiel herrschaftsfreien, Ethnographien führen, begrüsse ich als Leserin neue und lustvoll zu lesende Textformen. Und als Schreiberin fühle ich mich vom Zwang befreit, meine Daten möglichst trocken darzustellen und eine mir suspekte Objektivität zu zelebrieren, um mein akademisches Fortkommen sicherzustellen. Deshalb möchte ich meine Daten erzählen. Darunter verstehe ich den Versuch, auch die Umstände einzubeziehen, unter denen sie plötzlich aufgetaucht sind, dabei manchmal unverhofft Fragen berührend, die von mir nicht direkt gestellt wurden. Aussagen werden, wo immer möglich, dargestellt als Aussagen bestimmter Menschen, die für mich Gesicht, Stimme und eine Geschichte haben. Der durchgehende Gebrauch der Ich-Form [1] gibt auch mir selber Gesicht und Stimme. Entmutigung und Spass bei der Arbeit sollen spürbar, Rätsel, Lücken und Unterlassungen sichtbar gemacht werden. Gefühls- und Stimmungsfarben sollen mitklingen. Diese bewusst syn-

1 Okely schreibt dazu (1992: 12): «Wenn Frauen Schwierigkeiten haben, sich selber wichtig zu nehmen, und weniger berufliches Profil zu verlieren haben, folgt daraus, dass der Gebrauch des ‹Ich› und seine Alltäglichkeit im Text Ausdruck sind weder von Autorität noch von Ichbezogenheit. Das Ich ist eher die Stimme individueller Skepsis von den Rändern her. In vielen Fällen ist es nicht nur ein Ich der *Differenz*, sondern eines der subversiven *Diffidenz* angesichts von Wissenschaftsgläubigkeit. Das individuelle Ich erhebt nicht den Anspruch auf allgemeine Aussagen innerhalb eines herrschenden Diskurses. (...) Es ist bewusst, aber nicht unterwürfig offen gegenüber der Kritik, es sei nicht-repräsentativ. (...) Die ‹Grosse Erzählung› *(master narrative)* über Autobiographie und Ethnographie wird unterwandert.» (Ü. d. A.)

ästhetische Formulierung verrät, dass ich eigentlich an die Poetik der deutschen Romantik anknüpfe. Tyler, in meinen Augen ebenfalls ein Krypto-Romantiker, spricht von Evokation und meint in seinem verzückten Aufsatz «*Postmodern Ethnography: From Document of the Occult to Occult Document*» (1987) mutmasslich das Schreiben, das ich versuchen möchte.

Literaturhinweise und Fussnoten verraten, dass ich aber nicht nur anekdotisch-poetische Stimmungsbilder hintupfen will, sondern in einen Dialog verstrickt bin mit anderen AutorInnen zum Thema *gudniin*, ihre Aussagen bestätige, kritisiere, ergänze und mit den meinen verwebe, so dass es nicht rein willkürlich ist, zu welchen Themen ich «Daten-Geschichten» erzähle. Ihre Abfolge indessen ist eher assoziativ als inhaltlich zwingend. Sie gibt auch keinen zeitlichen Fortgang im Forschungsprozess wieder.

SCHAM

Mit den zwei anfänglich mitforschenden Kolleginnen und halb krank vor Lampenfieber betrete ich das Café, wo wir die somalische Ärztin Paula zu unserem allerersten Interview treffen wollen. Das Café ist ein Treffpunkt der Somali (s. unten). Wir haben eingehend besprochen, wer das Gespräch führen und behutsam das heisse Eisen ansteuern soll. Unsere eigenen Skrupel und Ängste sind noch verschärft worden durch einen Artikel (Bartels/Haaijer 1991), der somalische Flüchtlingsfrauen als schamhaft und verschlossen, den Zugang zu ihnen als schwierig darstellt und zu Takt mahnt.

Paula, traditionell gekleidet, erscheint in Begleitung ihres Ehemannes. Und wie erwartet sitzt sie stumm und mit niedergeschlagenen Augen am Tisch, während der Mann, Ingenieur, weitgereist und gewandt, bald englisch, bald italienisch mit uns Konversation macht. Der ebenfalls anwesende Übersetzer, der den Kontakt geknüpft hat, lotst ihn aber bald weg mit dem Hinweis, wir wollten ja über Frauensachen reden.

Kaum ist ihr Mann gegangen, eilig und sichtlich verlegen, lächelt uns Paula an und ist eine andere Frau. Sie greift auch alsbald in ihre Tasche und legt eine Abbildung auf den Tisch. Diese zeigt ein weibliches Genitale, aus einem medizinischen Fachbuch herauskopiert, das sich Paula im Durchgangsheim mit Hilfe unserer dort tätigen Kollegin heimlich beschafft hat, sehr bedacht darauf, es vor ihren Landsfrauen verborgen zu halten. Und

Paula beginnt, in vorzüglichem Italienisch das Infibulationsverfahren zu erläutern. Als sie merkt, dass wir darüber Bescheid wissen, gibt sie locker und präzise Antwort auf die eher allgemeinen Fragen, die wir zu stellen wagen; hinterher bedauern wir, aus Schüchternheit Fragen nach ihrer persönlichen Erfahrung weitgehend ausgespart zu haben.

Später stösst noch die junge, lebhafte Mona dazu. Sie äussert sich so pointiert zu der «Schweinerei», die man ihnen angetan habe, dass wir alle hell auflachen und die Somali-Männer die Köpfe drehen.

So vergehen zwei Stunden im Flug. Endlich rufen wir die Serviererin zum Bezahlen an den Tisch, wo immer noch die Fotokopie offen herumliegt. Schnell und ganz automatisch lege ich die Hand darauf. Die Frau soll doch nicht sehen, worüber wir den ganzen Nachmittag so angeregt gesprochen haben! Wie nun die beiden «schamhaften» Muslimfrauen darüber lachen! Wie meine jungen Kolleginnen mitlachen! Wie ich endlich selber lache und staune über meine eigene, zuvor auf die afrikanischen Schwestern projizierte Schamhaftigkeit! Als aber die Männer, begierig, den Grund für unsere Heiterkeit zu erfahren, an unseren Tisch kommen, ist die Fotokopie in Paulas Tasche verschwunden, und Paula, ernst und gesetzt, drängt zum Aufbruch. Die Scham ist wieder da.

Diese oft beschworene Scham muslimischer Frauen ist im Fall einer Somali eher eine öffentliche Rolle als ein tiefsitzendes Verhaltensmuster. Dass sie vor allem in Gegenwart von fremden Männern in Kraft tritt, habe ich später immer wieder erlebt. Auch für den eigenen Ehemann wird in der Öffentlichkeit züchtiges Verhalten an den Tag gelegt, es sei denn, er wecke den Zorn seiner Ehefrau. Dann bekommen alle zu hören, was sie denkt. Mit sichtlich gemischten Gefühlen sagt Roberto über seine Landsfrauen: «Löwinnen sind sie!»

Somalische Frauen leben nicht hinter Mauern. Sie sind vielmehr im Strassenbild sehr sichtbar in ihrer in allen Farben leuchtenden, traditionellen Kleidung. Sie besteht aus *gorgorad*, dem bodenlangen, reichbestickten Unterrock, *dirac*, dem oft durchsichtigen Oberkleid, und *garbasaar*, dem um die Schultern drapierten Tuch, das ständig rutscht, Hals und dünn verschleierte Brüste freigibt und neu gerichtet werden muss – eine Tracht also von sehr verführerischem Design. Das Kopftuch aus Voile sitzt als Kopfputz auf den hoch getragenen Häuptern, bedeckt das Haar, ohne es zu verhüllen, und gibt ebenfalls Anlass zu schönarmiger Wiederherstellung züchtigen Anblicks.

Eher neu scheint das Auftreten eines schweren Umhangs zu sein, der nicht das Gesicht, aber das Haar und den ganzen Körper vollständig bedeckt. Er ist ursprünglich das Zeichen einer Frau, die es mit der Religion demonstrativ ernster nimmt als die Mehrheit der Somali, welche gläubige MuslimInnen sind, aber nicht dem (westlichen Schreck-)Bild von FundamentalistInnen entsprechen. Einzelne Frauen hatten offenbar erst auf der Flucht und im Lager angefangen diesen Umhang zu tragen, um Unnahbarkeit zu signalisieren, was sie vor Übergriffen allerdings kaum geschützt haben dürfte. In der Schweiz tragen die meisten je nach Gelegenheit die dekorative Tracht oder Jeans.

Bei den Somali herrscht zwar keine Segregation *(purdah)*. Dennoch leben somalische Männer und Frauen weitgehend in zwei Welten. Bei festlichen Anlässen sitzen sie getrennt, womöglich in verschiedenen Räumen. Die Freizeit verbringt ein Mann mit Männern, *qaat* kauend[1] und Tee trinkend und in der Öffentlichkeit, die Frauen pflegen einen regen privaten Besuchsverkehr. In dieser Frauenwelt, zu der selbst eine *gaasha* (Europäerin, Ungläubige) Zugang haben kann, wird gespottet (über Männer), anzüglich (über einander) und deutlich (über Sex) geredet. Und viel gelacht.

LACHEN

Aus meinem Tagebuch, das wir auf Anregung unserer Supervisorin in der Vorbereitungsphase führten, um näher an unsere Forschungsmotive und -ängste heranzukommen:

«Ich träume davon, mit beschnittenen Frauen zu *lachen*. Ich will nämlich nicht bestätigt haben, dass es ihnen schlechtgeht, sondern will hören, es sei alles ‹halb so schlimm›, sie seien gesund und orgasmusfähig, seien auf der Flucht *nicht* vergewaltigt worden etc. Wahrscheinlich will ich nicht ‹Wahrheit›, sondern Beschönigung.»

Der Traum vom gemeinsamen Lachen wurde aufs schönste erfüllt. Das Lachen der Somali-Frauen über Beschneidung und Beschnittensein dient aber nicht der Beschönigung, sondern der Bewältigung eines Lebensumstands, der nicht mehr zu ändern ist. Der «dreifache Schmerz» [S. 43] der Beschneidung wird zwar durchaus von allen erinnert und in klaren Worten geschildert, aber es kommt keine Wehleidigkeit auf. Körperlicher Schmerz

1 *qaat:* Die frischen Blätter der einheimischen Pflanze *Catha edulis* werden gekaut und entfalten eine milde narkotische Wirkung (stille Heiterkeit, träumerische Stimmung). Ob *qaat* gefährliche Droge oder harmloses Suchtmittel sei, ist umstritten.

wird, wie ich beim Zahnarzt verschiedentlich beobachten konnte, stoisch ertragen. Und eben weggelacht.

Bella wohnt im Durchgangsheim. Sie empfängt mich in dem qualvoll engen Zimmer, das sie mit ihren drei kleinen Töchtern und einem jungen Bruder bewohnt. Sie weiss, weshalb ich komme, und stellt schon über der ersten Tasse Tee klar, wie sie über *gudniin* denkt:

«Ein Skandal! Abschaffen! Das macht man für die Männer! Weisst du – ich bin *Feministin*. Meine Töchter niemals! Und weisst du, was sie machen? Nach der Operation binden sie dir für mindestens drei Wochen die Beine zusammen![1] Wenn du Pipi machen musst – das brennt wie verrückt! –, sieht das so aus, schau!» Sie springt auf und humpelt mit geschlossenen Beinen zum Kajütenbett, wo sie sich sehr vorsichtig und einseitig niederlässt. Ich kenne diese Sitztechnik von meinen europäischen Dammschnitt-Geburten her. Bellas Darstellung ist bewusst übertrieben, aber sehr plastisch. Und so komisch, dass ich unwillkürlich loslache, sofort in Sorge, unangemessen zu reagieren. Aber Bella stimmt selbst ein gewaltiges Gelächter an und ist sichtlich zufrieden mit mir. Später erzählt sie, dass sie nach der Infibulation mit einer Infektion ins Spital gebracht und dann noch einmal «gemacht» werden musste:

«Der Mann, der es machte, bei mir zu Hause, war alt, hat nicht mehr gut gesehen.» Pause. «Er ist später ganz blind geworden.» Pause. «Sicher wegen der vielen scheusslichen Sachen, die er gesehen hat! Als Muslimin darf ich so was nicht sagen, aber – *geschieht ihm ganz recht!*»

Und wir lachen zusammen Tränen, obwohl wir beide wissen, dass der erblindete Beschneider nicht allein für die «Schweinerei» verantwortlich ist.

Die Frauen lachten *mit* mir, aber auch *über* mich. Sie sagten: «Dass dich diese Sache so interessiert! Und wie du immer alles aufschreibst!»

Nicht genug des Spotts: Hawa und ich stehen mit einigen Frauen, die das Sagen haben, im Gang vor dem Teambüro und erörtern, wie *bannaan bixin*, das traditionelle Nach-draussen-Tragen eines Kindes vierzig Tage nach der Geburt, für die neugeborene Elena ablaufen soll. Berge von *sanbuus* (fleischgefüllte, in viel Öl gebackene Krapfen) gehören bei allen Festen dazu und müssen produziert werden. Eigentlich sollte man eine Ziege schlachten. Etwa im Hof direkt vor katholischer Kirche und Friedhof?

1 Damit die Infibulationsnarbe nicht aufgeht und noch einmal genäht werden muss.

Also nur Huhn aus der Gefriertruhe. Die Kinder essen im Schulzimmer, Charlotte kümmert sich schon um sie (Nein danke! Für einmal will ich dabeisein und «teilnehmend beobachten›). So geht es auf somali und englisch durcheinander, Hawa ist völlig absorbiert. Ich schalte in dem Palaver auf «Musik» und bekomme nur am Rand mit, dass das Unterhaltungsprogramm besprochen wird. Plötzlich wendet sich die verbal und körperlich gewaltige Rosa zu mir und meint:

«Und für dich, Charlotte, machen wir *gudniin*!»

Ich schreie theatralisch auf. Donnerndes Gelächter. Julia fasst mich begütigend am Arm, und Rosa lenkt ein:

«Keine Angst, Charlotte. Du weisst doch, dass wir dir zuliebe an den Mädchen bloss *pic*» – sie meint leichte *sunna* – «machen werden. Aber wir Frauen hier haben da unten *Ffft*!» – Schneidebewegung – «restlos alles weg!» [siehe folgendes Kapitel]

Gelächter, Tumult, die Frauen tanzen vor Vergnügen über diese wunderbar schrecklichen Scherze. Die Team-Männer kommen aus den Büros, wollen von mir wissen, worüber wir lachen.

Von Lachen geschüttelt antworte ich: «Über Beschneidung!»

Und sie verstehen die Welt nicht mehr.

SUNNA I

Im Zentrum habe ich niemanden gefunden, der oder die ihre unwiderrufliche Absicht kundgetan hätte, ihren Töchtern (vorhandenen oder geplanten) *gudniin* anzutun. Inwiefern dieser Befund mit meinem Vorgehen zusammenhängt, ist nicht mehr zu klären. Eine Mehrheit indessen fand, wenigstens *sunna* müsse sein. Da ich wusste, dass Somalierinnen unter *sunna* ziemlich unterschiedliche Eingriffe verstehen, pflegte ich nachzufragen: «*Sunna pic!* oder *sunna schnipp*!?»

Rosa hatte nämlich bestätigt, dass *sunna* mindestens zweierlei heissen könne, und mir die beiden Formen gleich sehr plastisch mit Zeichensprache erklärt, indem sie zuerst *pic*! mit dem rechten Zeigefinger in die Spitze des linken stach, ein blosses, kaum verstümmelndes Ritzen oder Stechen der Klitoris mimend. Dann kappte Rosas rechter Zeigefinger *schnipp!* die Kuppe des linken und stellte die mehr oder weniger weitgehende, eindeutig verstümmelnde Exzision der Klitoris dar. Wenn ich jeweils mit Hilfe dieser somalischen Handbewegungen meine Fragen verdeutlichte, erwies sich meistens, dass der Typus *schnipp!* gemeint war.

Gelegentlich forschte Hawa auf eigene Faust und teilte mir die Ergebnisse mit. So hatte sie in Erfahrung gebracht, dass die eng befreundeten Frauen Pia (biomedizinisch ausgebildete Hebamme) und Rosa (ebensolche Krankenschwester) kurz vor der Ausreise einander gegenseitig die kleinen Töchter «gemacht» hätten, damit das erledigt sei. Zum Glück nur nach der Methode *pic!*. Ob die beiden schon in Kenia gehört hatten, dass es in Europa in dieser Sache Schwierigkeiten gebe, blieb unklar. Ich freute mich für meine Kindergartenkinder. Zu Pia hatte ich einen speziellen Draht, seit ich ihr zwei medizinische Fachbücher geschenkt und mit ihr zusammen angeschaut hatte, wobei klar wurde, dass sie ihr Handwerk verstand. Pia wurde auch allgemein respektiert, weil sie sich nicht auf Gezänk und Zweikämpfe [S. 65] einliess, sondern als koranfeste Friedensstifterin wirkte.

Beim Interview sagte sie dann, als wir auf ihre Töchter zu sprechen kamen: «Ich will dich nicht anlügen. Rosa und ich – wir haben nicht *pic!* sondern *schnipp!* gemacht.»

Ich weiss nicht, ob sie dieses Geständnis als gläubige Muslimin oder aus persönlicher Verbundenheit machte, das mich als Vertrauensbeweis freute (und mit meinen Forschungsmethoden etwas versöhnte), mich aber «meiner» Mädchenkinder wegen traurig machte.

MIKTION

Alle AutorInnen berichten, dass die winzige Scheidenöffnung nach Infibulation jungen, noch «geschlossenen» Mädchen Schwierigkeiten bereite beim Wasserlösen und bei der Menstruation. Dies wurde von den medizinkundigen Frauen Paula, Rosa und Pia bestritten. Lightfoot-Klein (1989) schildert, dass ihre Gewährsfrauen diesen Punkt ebenfalls nicht gelten liessen, bis sie anders fragte und erfuhr, dass eine völlige Entleerung bis zu fünfzehn Minuten beanspruchen könne. Ich liess die Sache auf sich beruhen, obwohl ich dachte, dass eine schweizerische Schul- oder Arbeitspause solche «Sitzungen» nicht zulässt, und fand, LehrerInnen müssten darüber Bescheid wissen, hörte ich doch im Geist die Frage: «Was treiben die bloss so lange auf der Toilette?»

Alle Frauen erinnerten sich schaudernd an die ersten Tage nach dem Eingriff, an das qualvolle Brennen beim Wasserlassen, den Versuch zur Urinverhaltung, das Zureden der Mütter.

Und eines Tages fiel mir auch eine kleine Szene wieder ein: Ankunft der Flüchtlingsgruppe im Zentrum. Ansturm auf die Toiletten, weil in der beidseitigen Aufregung am Flugplatz niemand dieses Grundbedürfnis erkannte oder anmeldete. Ich sehe im Gewühl zwei kleine Mädchen, die von einem Bein aufs andere tanzen, sichtlich in Not. Ich führe sie kurzerhand in den Waschraum im ersten Stock, wo sie sofort zusammen verschwinden. Und nicht mehr erscheinen, sondern endlos wispern und mit Wasser hantieren. Ich warte in fieberhafter Ungeduld, weil ich uns nicht abgemeldet habe und fürchte, die Kinder könnten vermisst werden. Dabei denke ich gut schweizerisch: Was treiben die beiden bloss so lange auf der Toilette? Als hätte ich nie etwas über Beschneidung gelesen und geschrieben!

Erst als ich erfuhr, dass Pia ihre Mädchen kurz vor der Ausreise «gemacht» hatte, erinnerte ich mich an die beiden dunkeln, verschüchterten Gesichtchen: Pias Töchter! Und ahnte, wie die unlängst beschnittenen Kinder in dem fremden Waschraum mit der fremden Frau gelitten haben müssen. Auch wunderte ich mich einmal mehr über die Unzulänglichkeit von Wissen.

SAUBERKEITSERZIEHUNG

Der etwa dreijährige Marco machte im Kindergarten regelmässig Pipi in die Hosen, zuerst aus Protest gegen mich, bei der er ganz und gar nicht bleiben wollte. Später, als ich ihn dann mit List und Liebe gezähmt hatte, war er zu beschäftigt mit Spielen, konnte mir unbegreiflich begriffsstutzigen Frau sein Bedürfnis nicht mitteilen, obwohl er doch ständig mit mir *redete* (er war bereits ein wahrer somalischer Orator und wurde deswegen von allen verhätschelt). Die ungeheuer solide Ausstattung des Zentrums machte es ohnehin jedem jüngeren Kind unmöglich, eine Toilettentür ohne Hilfe aufzustemmen. Nach meiner Auffassung waren auch alle Kinder nicht klimagerecht angezogen, verabscheuten aber von Mama Charlotte empfohlene Jäckchen und Schuhe, die warmhalten (und integrieren) sollten. Oder sie regredierten eben in der neuen Umgebung. Jedenfalls waren nasse Hosen an der Tagesordnung, was ich gelassener nahm als die Mütter. Ein Somalikind hat offenbar sehr früh sauber zu sein.

Daraus ergab sich ein unerwartetes Streiflicht auf mein Thema: Hawa und ich sitzen nach Feierabend hinter dem Haus und schwatzen mit den Leuten, d. h. sie schwatzt und hält mich gleichzeitig auf dem laufenden.

Marcos Mutter klagt über die nassen Hosen: «Vorher war er sauber. Vielleicht hilft es, wenn ich ihn beschneiden lasse.» [Jungen, S. 40]

Martinas Mutter Nana pflichtet bei: «Und ich mache mit Martina» – etwa vierjährig – «einfach schon jetzt *gudniin*!»[1]

Ich bin wie elektrisiert von dem Wort und will, dass Hawa detailliert übersetzt, was sie aber erst hinterher tun kann. Sie ist nämlich bereits dabei, die Anwesenden hitzig zu belehren, dass *gudniin* ein alter Zopf sei, ein Blödsinn, äusserst schädlich in jeder Hinsicht für die Frauen und in der Schweiz absolut VERBOTEN.

Zwischenruf der alten Gianna: «Aber es steht im Koran!»

Die beiden jungen Frauen, von Hawas Ausbruch sichtlich überrascht, nicken Gianna beifällig zu, worauf Hawa den jungen Bruno, der regelmässig betet und als *wadaad* (Mann der Religion, Korankundiger) gilt, in einen theologischen Disput verwickelt, der aber keine Klärung bringt, weil sich Bruno vor Verlegenheit windet.

Hawa liefert endlich die Übersetzung nach, weil ich sie heftig am Ärmel zupfe; schliesslich ist das *mein* Thema! Und ich erfahre staunend, dass Beschneidung für einmal nicht «heisse» Frauen [S. 96] von ihrem (sexuellen) Fieber heilen soll, sondern Mädchenkinder vom Hosennässen!

Nachdem Hawa noch einmal mit Nachdruck auf sie eingeredet hat, bemerkt Nana achselzuckend: «Dann lass' ich es halt bleiben. Vielleicht...»

Eine andere Frau hätte wahrscheinlich nicht so unbefangen in gemischter Gesellschaft von *gudniin* geredet. Nana war eine Aussenseiterin in der Gruppe. Sie hatte eine lose Zunge und mischte sich lauthals in jeden Konflikt ein, bis die Streitparteien am Ende auf sie losgingen. Die Leute sagten, sie sei eine Verrückte. Verrückt war nun Nana keineswegs, und mit der Zeit begriff ich, dass ihr manchmal unflätiges Benehmen dazu diente, sich die Aufmerksamkeit zu verschaffen, das ihr ihre standesbewussten Landsleute versagten, weil sie im Lager Latrinen gereinigt hatte. Dass sie es als Analphabetin und ohne Protektion geschafft hat, sich einen Listenplatz zu sichern[2], spricht für ihre Intelligenz und Zähigkeit.

Ihren beiden Kindern war Nana leidenschaftlich zugetan, praktizierte allerdings einen entschieden ruppigen Erziehungsstil. Ich fuhr Nana und den kleinen Amadeo, der mit über zwei Jahren noch nicht gehen konnte, jeweils zur Bewegungstherapie und übte mit Amadeo, was mir Nana mit heftigen Zärtlichkeitsausbrüchen dankte. Als ich sie zum ersten Mal am

1 Durchschnittsalter für die Infibulation somalischer Mädchen nach Grassivaro Gallo (1986b): 7, 6 Jahre.

2 Theoretisch setzen die Aufnahmeländer Flüchtlinge nach ganz bestimmten Kriterien auf ihre Listen. Praktisch aber scheinen die begehrten Listenplätze in den Lagern wie Waren gehandelt zu werden.

neuen Wohnort besuchte, kam mir Amadeo in vorsichtigen Schrittchen entgegen, und Nana tanzte vor Stolz und Freude. Sie schien in der Schweiz wirklich die Chance zu haben, ein neues, besseres Leben zu erkämpfen. Jedenfalls fand sie alles herrlich und war voller Zuversicht. Sechs Monate später sah jedoch alles ganz anders aus: Man musste ihr die Kinder wegnehmen, weil sie die Kleinen blutig prügelte. Was in Nanas Augen ihr Recht und ihre Pflicht war. Heute verflucht sie ihre Schweizer Chance und will sterben.

JUNGEN

Nachdem sich der geschilderte Sturm um *gudniin* und Sauberkeitserziehung gelegt hatte, musste ich bestätigen, dass Buben in der Schweiz beschnitten werden dürfen, sei es aus religiösen Gründen, was uns von den einheimischen Juden her vertraut sei, sei es aus medizinischen oder hygienischen Gründen. (Ich verschwieg, dass ich die noch bis vor kurzem in den USA sehr gängige Praxis, neugeborene Knaben routinemässig hygienisch zu beschneiden, die auch auf Europa übergegriffen hat, für verfehlt halte.)

Die anwesenden Eltern waren sichtlich erleichtert, dass ihrem dringenden Wunsch, ihre Söhne durch Beschneidung zu Muslimen und Männern zu machen, in der Schweiz nichts entgegensteht. Oder fast nichts. Kürzlich sei ein Infoblatt des BFF in die Zentren geflattert mit dem Hinweis, rituelle Knabenbeschneidungen seien nicht kassenpflichtig. Aber das wusste ich an jenem Sommerabend noch nicht. Die Runde löste sich friedlich auf. Ich blieb mit Antonio allein zurück.

HOCHZEIT

Antonio, 35 Jahre alt, leicht behindert, begleitet von seiner Ehefrau, einem Bruder, einer Schwester und vier Söhnen aus erster Ehe, deren tatsächlicher Verwandtschaftsgrad aber im dunkeln lag, war, ich muss es gestehen, nicht mein Liebling, obwohl (oder weil?) er sich sehr um meine Gunst bemühte, seit er begriffen hatte, dass ich nicht wirklich ein Dienstmädchen war. Unter den Somali war er ebenfalls eher unbeliebt, weil er sich gern zum Sprecher der ganzen Gruppe aufspielte, deren Vertrauen er gar nicht genoss. Eine weitergehende Charakterschilderung (und Selbsterforschung) trägt aber zum Folgenden nichts bei, deshalb unterlasse ich sie. Ich mochte Antonio einfach nicht besonders. Wir sitzen also zusammen hinter dem Haus und schweigen, bis Antonio zum Gespräch ansetzt (er spricht gern, aber nicht sehr gut Englisch): «Böse Sache, *gudniin*, gar nicht gut.»

Natürlich hat er sofort meine volle Aufmerksamkeit und fährt fort: «Furchtbar, bei der Hochzeit, weisst du.»

Ich glaube zu wissen. Glaube auch zu wissen, dass er über den Schmerz der Frau bei der Defibulation [Dreifacher Schmerz, S. 43] reden wird und über die Belastung für den Mann, die ich vermute, aber nicht wirklich bestätigt bekomme [Schmerzpsychologie, S. 50]. Und schlagartig ist mir Antonio in seinem bekümmerten Ernst sympathisch.

«Schrecklich. Es dauert so lange, weisst du, bis man drin ist...»

Schrecklich für den Mann also. Obwohl meine Zuneigung bereits verflogen ist, frage ich nach: «Wie lange denn?»

Die Antwort: «Fünf, sechs Tage sicher!»

Worauf ich mich eher abrupt ins Haus verziehe und in Antonio nicht mehr bloss den harmlosen Aufschneider sehe, sondern einen ziemlich brutalen Macker. Die Frauen hatten nämlich auch gesagt: «Furchtbar. Die Hochzeit war furchtbar. Weisst du, es dauert so lange, bis er endlich drin ist.» Sie hatten aber auf meine Frage: «Wie lange?» die Antwort gegeben: «Wochen! Monate!»

Manche schienen zu wünschen, dass die Tortur kürzer gedauert hätte, betonten aber, ihr Mann habe eben Rücksicht gezeigt und alles getan, den Schmerz möglichst im erträglichen Rahmen zu halten – im Gegensatz zu anderen Männern! Denn alle wussten eine Schauergeschichte von irgendeinem Antonio zu erzählen, der schon in der ersten Nacht... [Liebhaber, S. 88]. Aber sie blieben dabei, es sei auch mit einem behutsamen Mann furchtbar.

So mochte ich es Antonio nicht recht gönnen, dass ausgerechnet er als einziger der Gruppe seine Ehefrau Julia bei sich hatte, mit der ich mich bestens verstand. Arme Julia? Von ihr beim Interview klare Worte [Lust, S. 92], aber keine Klage über Antonio. Somit war vermutlich alles mein Problem.

Später stellen sich dann versöhnliche bzw. selbstkritische Nachgedanken ein: Hat sich Antonio vielleicht genauso abgemüht wie andere Männer, wollte bloss vor mir den Kamelfleisch-Esser [Kamelfleisch, S. 90] spielen, der, potent und zielstrebig, eine Frau problemlos und innerhalb nützlicher Frist defibuliert? Er sagte ja immerhin nicht, es sei in *einer* Nacht zu schaffen. Bei der Durchsicht von Julias späteren Aussagen entdecke ich im Fragebogen unter der Rubrik «Öffnen» (d.h. Defibulation) die Angabe: «Dauer ein Monat + ein paar Tage.» Somit habe ich also wohl tatsächlich überreagiert.

Letztlich ist es aber ziemlich irrelevant, wie behutsam oder brutal ein Mann defibuliert. Die Prozedur ist in jedem Fall schmerzhaft. Und macht für mich nach wie vor keinen Sinn.

WEICHMACHER

Wenn die Frauen sagten, es daure Wochen und Monate, bis eine Frau defibuliert sei, fragte ich gelegentlich: «Lässt sich denn niemand helfen, zum Beispiel von einem Arzt, einer Hebamme? Oder nimmt nicht manchmal der Mann ein Messer zu Hilfe?»

Auch wenn ich so allgemein fragte, war die Antwort der Darood- und Hawiye-Frauen ein kategorisches Nein: «Wir machen das nicht. Bei uns muss und will und kann das der Mann selber. Bloss die im Norden müssen das Messer nehmen oder zur Hebamme gehen.»

Ich vermute, dass die Frauen der nördlichen Isaaq- und Dir-Clans genau das Gegenteil behaupten: «Wir doch nicht! Aber die Darood und die Hawiye.»

Dass die Potenz eines Mannes mit seiner Ehre in enger Verbindung steht und Frauen das hochempfindliche und störungsanfällige System mittragen, ist ja kein auf Somalia beschränktes Phänomen. Es erstaunte mich also nicht, dass mit einer Ausnahme alle an der Fiktion festhielten, dass ein richtiger Somali kann, was er will und muss. Bloss die liebliche Lisa, die mich verschiedentlich beeindruckte [Nadel und Faden, S. 104], erzählte:

«Mein Mann wollte es nicht machen, weil er mir nicht weh tun wollte, aus Liebe. Ich ging darum vor der Hochzeit zu einem Arzt. Zuerst weigerte er sich, mir zu helfen, weil er nicht glauben wollte, dass ein somalischer Ehemann das wünscht. Er hat mich dann aber doch ein wenig aufgeschnitten. Wir sind beide froh, mein Mann und ich, dass wir es so gemacht haben.»

Ich fragte gelegentlich auch nach anderen, unblutigen Hilfsmitteln bei der Defibulation wie etwa Vaseline, und hoffte insgeheim, womöglich etwas über exotische Hausrezepte [*Mal-mal*, S. 78] zu erfahren. Pia, Rosa und Julia haben alle das gleiche Hausmittel genannt. Es ist simpel. Pia konnte mir seine Wirkungsweise erklären: «Sperma hilft. Sperma ist sauer und macht das Narbengewebe weich. Der Mann tut es dorthin, aussen, weisst du, oft.»

Ich weiss nicht, ob Sperma sauer oder basisch ist. Ich kann auch nicht beurteilen, ob es umständehalber oder methodisch aussen angebracht wird. Aber die Weichmacher-Theorie gefiel mir, weil ich sie nicht schon aus der

Literatur kannte und somit etwas herausgefunden hatte... Zudem kam sie von Pia, deren Fähigkeit ich bewunderte, Traditionsbewusstsein und Strenggläubigkeit mit modernem medizinischen Fachwissen zu verbinden. Obwohl Pia manchmal über den eigenen Schatten springen musste, antwortete sie wie keine andere (Hawa natürlich ausgenommen) mit Eifer und Offenheit auf alle meine Fragen. Und stellte auch an mich verschiedentlich allgemeine und persönliche Fragen, die nicht immer leicht zu beantworten waren und intensives Nachdenken auslösten über die eurozentrischen Selbstverständlichkeiten in meinem Kopf, über Eigenes und Fremdes, über hiesige Bräuche in Theorie und Praxis. Sie erfüllte damit einen Traum, der ein Jahr früher in meinem Tagebuch aufgetaucht war: «Bilder von Schwesterlichkeit. Dabei ertappe ich mich, dass ich eigentlich *mein* Leben erzählen möchte. Damit es einmal, durch fremde Augen gesehen, wird wie neu, auch neue Einsichten hergibt über mich selber.»

DREIFACHER SCHMERZ

Die alte Gianna, die viele Sprüche aus dem reichen Schatz somalischer Sprichwörter kannte und selber die Gabe hatte, ihre Gedanken in prägnanten Formeln auszudrücken, sagte: «Als eine Somali hast du dreifachen Schmerz: Wenn man dich schneidet als Mädchen, wenn man dich öffnet als Braut, wenn man dich schneidet beim Gebären.»

Die Formel vom dreifachen Schmerz wird auch von der somalischen Dichterin Dahabo Elmi Muse verwendet [Polygynie, S. 61] und scheint geläufig zu sein. Jedenfalls erntete ich fortan zustimmendes Kopfnicken als eine, die etwas von der Sache versteht, wenn ich sie ins Gespräch einfliessen liess.

Über den ersten Schmerz (bei der Beschneidung) sprachen fast alle Frauen mit heftiger Bewegung:

«Ich wollte es, aber wenn ich gewusst hätte, wie weh es tut, hätte ich es nicht gewollt, mich vielleicht sogar gewehrt...» [Freiwillig, S. 74]

Oder: «Die zweite Operation, die meine Grossmutter anordnete, weil ich nicht ‹richtig› gemacht worden war, war entsetzlich, weil ich nicht wollte und noch Schmerzen hatte vom ersten Mal. Ich schrie und strampelte wie verrückt, aber sie hielten mich fest und machten es trotzdem.» [Unfreiwillig, S. 75]

Diesen ersten Schmerz kenne ich nicht aus eigener Erfahrung. Bewusst kann und will ich ihn mir auch nicht wirklich vorstellen. Über den Körper holt er mich aber noch immer gelegentlich ein in Form von Schmerzen im Genitalbereich beim Lesen oder Zuhören, in Form von Albträumen auch. Bei meinen Vorträgen sehe ich im Publikum regelmässig bleiche Gesichter, weil ich die mir vertrauten Fakten offenbar zu direkt darstelle. Mag sein, dass ich mir als Abwehr eine gewisse Sachlichkeit zugelegt habe, die unnötig schockiert.

Aber: Der Schmerz kann und soll nicht ganz ausgeblendet werden. Er ist nach den vielen Zeugnissen, die ich gehört habe, sehr real. Ich weiss seither bestimmter, dass ich ihn allen Mädchenkindern dieser Welt ersparen möchte. Und nehme die bleichen Gesichter, auch meines, in Kauf.

Als einzige sagte Grazia, sie sei im Krankenhaus «gemacht» worden, habe eine Spritze bekommen und nichts gespürt, auch in den Wochen danach nicht. Grazia ist eine Dame, höflich, zurückgezogen, still, vielleicht schüchtern und ganz frei von der Neigung vieler Somali zur dramatischen Selbstdarstellung. Weil sie schwanger war [Gynäkologen, S. 80], war sie die erste Frau im Zentrum, mit der ich sprach. Wir kannten einander noch kaum, und ich hatte den Eindruck, dass sie einfach nicht über private Dinge sprechen wollte mit der fremden *gaasha*, was ich natürlich verstand und respektierte. Da sie offenbar bei einem Frauenarzt gearbeitet hatte, konnte sie nicht in einer heilen Welt gelebt haben. Ich leitete das auch aus ihrer Reaktion ab, als ich sie fragte, was sie vorhabe, falls sie eine Tochter gebären sollte.

Schnell und heftig sagte sie: «Nichts! Gar nichts!»

Ich hakte nach: «Auch nicht *sunna*?»

Sie schaute vor sich nieder und antwortete kurz: «Ich sagte doch – *nichts*!»

Ich wagte sie leider nicht mehr nach ihren Gründen zu fragen.

Über den zweiten Schmerz (bei der Hochzeit) haben sich die meisten Frauen zurückhaltend geäussert. Vielleicht macht dieser Schmerz etwas mehr Sinn, weil er gelegentlich zu positiven Erlebnissen wie Lust [S. 92] und Schwangerschaft führt, weshalb er ertragen wird [Schmerzpsychologie, S. 50]. So sagten die Frauen zwar, es sei furchtbar gewesen, gingen aber nicht ins Detail. Einige mochten es unschicklich finden, intime Bettgeschichten zu erzählen.

Eine Ausnahme machten Bella und Robertos Cousine Anna. Anna arbeitete in der Kantine eines Regionalspitals, wo sie ihren Schweizer Freund kennenlernte. Er arbeitete als Nachtwache, bereitete sich auf dem zweiten Bildungsweg auf die Matura vor und wollte nachher Medizin studieren, würde also auf Jahre hinaus genauso mausarm sein wie Anna. Sie war aus Liebe mit ihm zusammen [Sharmuuto II, S. 77].

In Somalia kannten Anna und Bella einander nicht. Weil Bella die von ihr als unwirtlich erlebte Schweiz eines Tages grusslos verliess, konnte ich die beiden Frauen nicht mehr zusammen zu einem Essen einladen, das bestimmt als buntestes Feuerwerk über die Bühne gegangen wäre, denn die beiden haben nicht nur ein ähnliches wort- und lachlustiges Temperament, sondern auch sonst viele Gemeinsamkeiten [Sunna II, S. 106]: Beide stammen aus der Oberschicht, haben in Mogadishu das Gymnasium abgeschlossen und im Ausland gelebt, Anna in einem der Golfstaaten, Bella in Italien, wo sie Feministin geworden sei. Mit beiden redete ich ohne Übersetzerin, ihr Italienisch war besser als meines.

Anna ist von ihrem ersten Mann, der sie defibuliert hat, geschieden, Bella hegt tiefen Groll gegen ihren Mann, der als Flüchtling in Italien herumhängt und sie mit den Kindern in der Schweiz allein lässt. So haben beide keinen Grund, ihren Männern zuliebe die Vorgänge zu beschönigen.

Bella: «Nach der Hochzeit lebten wir in Italien. Mein Mann war die ganze Zeit weg, beruflich. Wenn er zurückkam, musste es sein. Er hat mich dann jedesmal ein bisschen geöffnet, aber es wuchs immer wieder zu bis zum nächsten Mal. Ich habe mich überhaupt nicht mehr gefreut auf ihn, und wenn er es machen wollte, habe ich geschrien und geweint. Manchmal hat er es einfach gemacht. Oder ich habe nachgegeben, weil er sagte, er gehe sonst zu anderen Frauen für den Sex. Hat er wahrscheinlich ohnehin gemacht. Und jetzt treibt er sich garantiert mit italienischen Schlampen rum! Die sind ja ganz versessen auf unsere Männer [Kamelfleisch, S. 90]. Mit der Zeit habe ich ihn richtig gehasst, nur wegen dem Öffnen. Sonst war er nett. Und als ich endlich offen war, wurde es gut.» Lange Pause. «Und natürlich hat er immer gesagt, dass er Kinder will, wenn ich geschrien habe. Nun *hat* er Kinder. Und was habe *ich* davon? Ich hocke hier mit ihnen allein in diesem schrecklichen Zimmer, und er ruft nicht mal an!»

Anna: «Mein erster Mann war ein Ungeheuer. Ich glaube, es hat ihm Spass gemacht, wenn er mir weh tat. Ich habe geschrien, gekratzt, bin aus dem Bett gesprungen. Aber er hat mich einfach gepackt, manchmal auch geschlagen. Es wurde auch nicht besser, als ich offen war. Ich habe nie etwas gespürt. Zuerst dachte ich noch, das ist halt so. Später dachte ich, es ist wegen *gudniin*, weil alles weg ist. Aber es war, weil er einfach reinging. Sonst machte er nichts, Küssen und so. Bloss Schläge, wenn ich nicht wollte [Liebhaber, S. 88]. Schliesslich habe ich ihn nur noch gehasst und liess mich scheiden [Ehe, S. 59]. Heute ist es schön mit meinem Freund – trotz diesem grässlichen *gudniin*!»

Der zweite Schmerz ist mir nicht ganz unbekannt. Schliesslich ist auch eine *gaasha* eine Weile *gabar gudban* (geschlossen, Jungfrau), fürchtet sich vor der Defloration und (manchmal zu Recht) vor Ungeschick oder Rücksichtslosigkeit des Traumprinzen. Und geht deshalb nicht ganz so leicht und gedankenlos mit dem ersten Besten ins Bett, wie sich das manche Somali-Männer und -Frauen aufgrund von Videos und Filmen denken. Ich habe verschiedentlich beim Thema Hochzeit versucht, das Bild der geilen Europäerin etwas zu korrigieren, nicht nur, um mich selber als anständige Frau zu profilieren, sondern auch, um somalischen Eltern die Angst zu nehmen, das Exil werde unweigerlich ihre Kinder, insbesondere die Mädchen, verderben. Ich skizzierte die Mühen der weiblichen sexuellen Sozialisation in Europa, erzählte vom zentralen Stellenwert, den die Jungfräulichkeit [S. 51] bis in jüngere Zeit auch in unserer Gesellschaft hatte, und schilderte die serielle Monogamie, die, soweit ich sehe, von der Generation meiner Kinder (vielleicht unter dem Druck der Angst vor Aids) eher praktiziert wird als wilder, wahlloser Sex aller mit allen.

Die Frauen hörten meist sehr gespannt zu. Ob sie mir glaubten, weiss ich nicht. Antonio legte mir einmal lauernd die Sex-Rubrik einer Zeitung vor und wollte wissen, was ich denn *dazu* sage. Da fiel mein Integrationseifer in sich zusammen. Ich verwies ihn an die Teammänner und bemerkte, dass ich allerdings nicht wisse, ob diese persönlich mit der Materie vertraut seien. Ich selber sei zwar eine *gaasha*, habe aber trotzdem nichts zu schaffen mit solchen Dingen. Und weil ich den ungeliebten Antonio [Hochzeit, S. 40] vor mir hatte, konnte ich es nicht lassen, den Schwarzen Peter an ihn zurückzugeben: «Du hast doch in der Metropole Mogadishu gelebt. Da lief bestimmt manches. Du bist doch kein weltfremdes Kind! Wahrscheinlich weisst du besser Bescheid als ich!»

Das Gelächter der andern Männer, die mit gespitzten Ohren dabeisassen, verriet, dass mir der Ausgleich zum 1 : 1 gelungen war. Antonio schmollte.

Über den dritten Schmerz (bei einer Geburt) klagten die Frauen kaum. Auch nach meiner Erfahrung sind die Wehen vergessen, sobald das Kind da ist. Dass bei einer infibulierten Frau immer geschnitten werden muss [Schneiden und Nähen, S. 84], ist für die Frauen offenbar so selbstverständlich, dass sie gar nicht davon reden. Bei nicht-infibulierten Frauen ist ein Dammschnitt ja nicht immer indiziert, wurde bzw. wird aber trotzdem oft routinemässig vorgenommen, wenn frau sich nicht energisch wehrt. Der Schmerz geht in den Presswehen zwar vollständig unter, aber die Naht kann während Wochen schmerzhaft und lästig sein.

Europäerinnen mit Dammschnitt-Erfahrung teilen also ein Stück weit den dritten Schmerz ihrer somalischen Schwestern. Das Geburtsrisiko [s. Anhang, S. 134], ist aber signifikant höher für beschnittene, insbesondere für infibulierte Frauen und ihre Kinder; darüber sind sich die Autoren einig (z. B. Dirie 1985, Pieters 1972). So sind wir doch nur sehr bedingt Schwestern.

Bei Gesprächen übers Kinderkriegen spürte ich meist eine unmittelbare Nähe zu meinem Gegenüber, und die Tatsache, dass ich Mutter von zwei Söhnen und einer Tochter bin, erleichterte bestimmt ganz generell meinen Zugang zu den Frauen. Aber ich empfand meine Tendenz, mich mit ihnen zu identifizieren, auch als entschieden hinderlich bei der Aufklärungsarbeit. Ich sollte ja nicht aufzeigen, was gleich, sondern was anders ist, und ein Bewusstsein schaffen für die gravierenden, durch Infibulation verursachten gynäkologischen Probleme. Viele Frauen, mit denen ich sprach, schienen überhaupt keinen Zusammenhang zu sehen zwischen *gudniin* und schweren Geburten. Dass ein Zusammenhang bestehe, blieb blosse Behauptung, die ich im Rahmen meiner Gespräche nicht belegen konnte. Hätte ich etwa in meinen Ordnern kramen und den Frauen Statistiken vorlegen sollen?

Beim Thema «Schmerz» für mich also ein Extraschmerz (vom Typus «narzisstische Kränkung»): dass ich das Geburtsrisiko, in meinen Augen ein starkes, unmittelbar einleuchtendes Argument, nicht wirklich an die Frau zu bringen wusste und noch immer nicht weiss, wie es kurz und bündig zu vermitteln wäre. Mit Kursen über Fortpflanzungsbiologie, gespickt mit medizinischen Fachausdrücken? Für Analphabetinnen? Wie sind zum Beispiel die Erfahrungen mit dem zu diesem Zweck entwickelten *Universal Childbirth Picture Book* (Hosken 1982)?[1]

Immerhin weiss ich heute, dass sich das Problembewusstsein vieler Frauen nur auf das Reizwort «Schneiden» bezieht, sie im übrigen aber glauben, leichte Geburten seien für Tierweibchen (allenfalls auch für Europäerinnen), schwere für die somalischen Menschenfrauen normal und somit geradezu eine Errungenschaft der Kultur.

Ich habe natürlich auch mit dem Argument «Kindeswohl» operiert, das mir vor allem anderen am Herzen liegt, und dabei den ersten Schmerz angesprochen, von dem Rosa sagte, er sei wie eingebrannt im Kopf: «Willst du deiner kleinen Tochter einen Schmerz antun, der nach deinen eigenen Worten so schrecklich ist?»

1 Nach Hosken (1989) wurde für die im Krieg abgebrochene AIDOS/SWDO-Kampagne [Abschaffung, S. 102] eine somalische Übersetzung vorbereitet, die nun wenigstens in der Migration ihren Dienst tun könnte. Die Römer Kolleginnen reagierten aber auf meine Bitte um Zusendung nicht.

Tendenziell lautete die Antwort jeweils: «Ach ja, gerade *gern* würde ich das nicht machen!»

Und dann glaubte ich ein grosses Aber zu hören, das unausgesprochen im Raum schwebte, den Einwand etwa: «Aber man könnte es in Europa ja unter Narkose machen und mit allem Drum und Dran. Oder bloss *sunna pic...*»

In diesem Moment verflog jeweils meine feldforscherliche Euphorie, und ich wurde von Zweifeln an der Umsetzbarkeit meiner Daten in Präventionsstrategien überschwemmt. Es ist eines, die Leute zum Reden über ihre Ansichten zu bringen, etwas anderes, diese Ansichten mit Worten nachhaltig zu verändern. Hätte ich mich doch jeglicher Agitation enthalten sollen? Ich glaube nicht. Weil mir beim dilettantischen Probelauf die Schwierigkeiten nämlich erst so richtig deutlich wurden.

LOHN DES MANNES

Ich sprach im Zentrum mit zwei dreiköpfigen Männergruppen.

Die erste steht eines Abends im Teambüro: eine Überraschung von Hawa, die findet, dass ich nicht energisch genug forsche. Sie besteht aus drei jungen, unverheirateten Männern ohne Kinder (ihre Angaben). Reichlich naiv nehmen Autorin und Übersetzerin an, sie hätten noch nie mit einer Frau geschlafen. Die Überraschung freut und überfordert mich: Ich bin völlig unvorbereitet und finde den Einstieg nicht, danke umständlich für ihr Kommen etc. Hawa greift ein: «Ich habe euch gesagt, dass sie mit euch über *gudniin* sprechen will, nicht wahr?» Sie nicken, sind genau so verlegen wie ich, rutschen auf den Stühlen herum. Ich möchte eigentlich die Annahme überprüfen, dass sie noch nie mit einer Frau geschlafen haben, wage das aber nicht und beschliesse, sie nach ihren Vorstellungen statt nach ihren Erfahrungen zu befragen.

Unter viel Herumgedruckse wende ich mich ungefähr wie folgt an die Jungmänner: «Also, in der Hochzeitsnacht muss doch der Mann die Frau öffnen, ihr wisst schon, wegen *gudniin*, und ich frage mich, ob das dem Mann nicht auch weh tut.»

Keine Reaktion, weil keine direkte Frage. Tapfer weiter:

«Also in Europa, da müssen die Männer die Frauen, die haben doch, das wisst ihr, dieses Häutchen, also die Männer können manchmal nicht, beim Öffnen, weil sie Angst haben, der Frau weh zu tun, dabei tut es weniger weh als bei *gudniin*.»

Ein prächtiger Satz. Wieder keine direkte Frage, keine Reaktion. Ich bin wirklich nicht in Form. Und überhaupt: Potenzprobleme! Die kennen sie als keusche Jünglinge nicht oder würden sie als unkeusche nicht zugeben. Was sie wohl über versagende europäische Hochzeiter denken mögen? Sicher gibt es dafür viele, viele somalische Wörter – ich muss Hawa fragen! Aber zuerst muss ich doch jetzt dieses harzige Gespräch in Schwung bringen! Mit treffsicheren Fragen! Direkter!

«Ist die Vorstellung, also, ich meine, wenn ihr daran denkt, dass ihr einer Frau, die ihr liebt, Schmerz zufügt, also sie schreit vielleicht und weint, ist das nicht schrecklich für euch?»

Sie schauen vor sich nieder, rutschen noch mehr auf den Stühlen herum, und ich denke schon, das Gespräch sei gestorben. Hawa verdreht die Augen, hilft mir aber nicht. Da räuspert sich Nello, spricht, sagt den folgenden bemerkenswerten Satz:

«Der Schmerz der Frau ist der Lohn des Mannes. Schliesslich haben wir ihr viel Gold und ein Auto gekauft, nun können wir mit ihr machen, was wir wollen!»

Nello, ein Spassmacher und Akrobat, ein geschickter Drückeberger beim Hausdienst. Nello, nach den Akten ohne Sprachkenntnisse, ohne Ausbildung, aus ärmlichen Verhältnissen. Nello als Begleiter seiner Schwester, die an Krücken geht, Flüchtling in der Schweiz. Wann wird Nello je einer Frau viel Gold und ein Auto kaufen können? [1]

Ich bringe noch schnell die Mitteilung an, dass *gudniin* in der Schweiz verboten sei. Nun müssen die jungen Männer plötzlich gehen, angeblich zum Beten. Schon auf dem Gang protestiert der schöne, hochfahrende Student Aldo kurz und heftig gegen die unerhörte Idee, dass Schweizer Gesetze auch für Somali gelten sollen [Anwalt, S. 100].

Hawa schimpft wie ein Rohrspatz über ihre jungen Landsleute. Dann brauchen wir, Lohn der Forscherinnen, ein Glas Rotwein um das andere.

1 Mirella [Sharmuuto I, S. 66 und Zweikampf, S. 65] bekommt – Skandal! – nach der Plazierung ein im Zentrum gezeugtes Kind. Der Vater: Nello. Der sich zuerst weigert, Mirella zu heiraten. Schliesslich ist sie keine Jungfrau mehr! Nach langwierigen Verhandlungen zwischen ehrwürdigen Subclan-Vertretern und unter Druck der Hilfswerke nimmt er sie endlich doch. Ein Auto hat sie nicht.

SCHMERZPSYCHOLOGIE

Die zweite Männerrunde habe ich selber zusammengetrommelt und mich auf das Gespräch vorbereitet. Alle drei Männer sind erwachsen, verheiratet, haben Kinder. Sie sind aber allein in der Schweiz. Ihre Frauen und Kinder sitzen in Lagern im Ogaden und in Aden fest und warten (nach Aussage von Nicola hungernd) auf die Familienzusammenführung, mit der sich die Schweizer Behörden unbegreiflich schwertun.[1]

Im Zentrum ist den Männern Nicola, Ermanno und Giuseppe die Rolle von Clan-Ältesten zugefallen, auf die man hört. Sie äussern sich differenziert und scheinen, wenigstens vordergründig, weniger von einem Mannes-Kodex geprägt zu sein als die eben geschilderten Jungmänner. Es mag dabei ins Gewicht fallen, dass zwei von ihnen studiert haben und vor der weissen Ethnologin unter keinen Umständen als «Barbaren» dastehen wollen.

Dazu ist anzumerken, dass sich ein Somali nicht schnell jemandem unterlegen fühlt. Männer und Frauen bezeichnen sich selbst lachend als «Rassisten», reden mit offenem Ekel von den «Negern» in Kenia, mit durch Höflichkeit gemilderter Verachtung von den Europäern und lassen auch an arabischen Glaubensbrüdern und -schwestern keinen guten Faden. Es ist eigenartig entlastend und sehr lehrreich für eine Ethnologin, selbst als «Barbarin» zu gelten.

Das Gespräch findet in meiner letzten Arbeitswoche statt. Ich habe mich längst als Teammitglied, Ethnologin und «Mama Charlotte» etabliert, und die Männer behandeln mich mit Höflichkeit und Respekt. Dass sie es sehr geschickt anstellen, offen und konziliant zu wirken, gleichzeitig aber den meisten Fragen auszuweichen, merke ich erst im Verlauf des Gesprächs.

Ich segle zuversichtlich drauflos. Nicola meistert brillant seine Doppelrolle als Übersetzer und Informant. Jaja, *gudniin* bringe viele Probleme. Sie würden es begrüssen, wenn die Praxis zum Verschwinden gebracht werden könnte. Ihre eigenen Töchter? Die sind leider bereits infibuliert: «Die Mütter und Grossmütter hängen daran, Väter haben wenig dazu zu sagen.» Darauf beharren sie auch gegen meinen Einwand, als Männer hätten doch sonst sie das Sagen.

Es läuft mir zu glatt. So steuere ich wie bei den jungen Männern das Thema «Defibulation» an. Für den Mann keine physischen Probleme.

1 Nachtrag: Im September 1994, nach immerhin anderthalb Jahren, treffen die Familien von Ermanno und Nicola sowie Pias Mann und ihr jüngstes Kind (bei Pias Abreise drei Monate alt) endlich ein.

Schmerzen, Verletzungen? Nicht, dass sie wüssten. Potenzprobleme? Die Frage wird keiner Antwort gewürdigt. Weiter zum Schmerz der Frau: «Ist es nicht schwierig für euch, einer geliebten Frau Schmerz zuzufügen? Fürchtet ihr nicht, dass sie euch am Ende hasst?»

Die drei denken nach. Jetzt hab' ich sie! Nun kommt etwas! Etwas Persönlich-Geständnishaftes nach meinem Geschmack! Nicola, mir längst als feiner Geist bekannt, streicht sich den Bart und spricht:

«Da ist Schmerz der Frau, aber psychologisch ist da kein Schmerz, da die Frau weiss und will.»

Ein eleganter Zug. Ein heikles Thema ist vom Tisch. Und meine Hoffnung dahin, diesen Männern Ich-Aussagen zu entlocken. Ich sehne mich nach Bella, Rosa, Pia. Und nach Hawa mit ihrer ungeheuer direkten Interviewtechnik! Sie arbeitet bereits nicht mehr im Zentrum, und ich fühle mich etwas verlassen, nicht nur in dieser aalglatten Männerrunde. Vielleicht hätte ich die Männer einzeln befragen sollen. Sie schämen sich voreinander mehr als vor mir. Aufgeben will ich noch nicht. Nun wird nach Begründungen für die Praxis gefragt. Vielleicht kommt doch noch etwas Spannendes. Und nach einer Stunde Schwerarbeit der Ethnologin, bald auf Sammetpfoten, bald als Trampeltier, kommt es dann wirklich. Aber anders, als ich dachte.

DOPPELTE JUNGFRÄULICHKEIT

Alle Männer wussten Bescheid über natürliche Jungfräulichkeit und Hymen. Ermanno hielt darüber einen seiner wohlklingenden Vorträge, die ihm bei seinen Landsleuten viel Prestige brachten und wettmachten, dass er keine höhere Schulbildung vorzuweisen hatte und keine Fremdsprache beherrschte. Er orgelte also auf somali, und ich bekam in Nicolas Übersetzung nicht alle rhetorischen Feinheiten mit. Seit ich einen Streit ganz à la *Somalienne* durch theatralische Rhetorik beendet hatte [Fussnote S.20], schätzte mich Ermanno, und ich glaube, es war eine Ehre, in den Genuss seiner Ausführungen zu kommen.

Nach Ermanno genügt einem Somali die natürliche Jungfräulichkeit nicht. Er verlangt eine künstliche, spezifisch somalische, eine doppelte Jungfräulichkeit. Infibulation wird somit explizit als Massnahme dargestellt, um Gender, d. h. sozial konstruiertes Geschlecht, herzustellen.[1] Dass die Her-

1 Dass auch Sex, das Geschlecht, das wir im Gegensatz zu Gender gemeinhin als natür-

stellung nicht allein durch Konzepte und Rollenzuschreibungen etc. erfolgt, sondern buchstäblich durch einen chirurgischen Eingriff, durch Schneiden und Nähen [S. 84], stellt einen Extremfall von Gendering dar. Natürlich fiel mir hier, etwas zynisch, sofort die Volksweisheit «Doppelt genäht hält besser» ein...

Nach Ermanno garantiert die doppelte Jungfräulichkeit dem Mann, bei einer jungen Frau «der Erste» zu sein. Die drei Männer waren sich darüber im klaren, dass *gudniin* die Lustfähigkeit mehr oder weniger beeinträchtigt, schienen darin aber ein notwendiges Übel zu sehen und keine gezielte Massnahme zur Zähmung weiblicher Sexualität [«Heisse» Frauen, S. 96]; dieser Gedanke stiess bei ihnen auf blanke Ablehnung. Ich habe von ihnen auch keine Aussagen darüber erhalten, dass infibulierte Geschlechtsteile schöner oder sauberer [Reinheit der Frau, S. 54] seien. Es war auch nicht die Rede von *karama* bzw. *ceeb* (Ehre und Schande).[1] Es schien immer nur darum zu gehen, der Erste zu sein.

Auch Roberto und Luigi bestätigten dies (unabhängig voneinander) bei anderer Gelegenheit. Sie spotteten beide über diesen Männer-Wahn und gaben zu verstehen, dass er für sie keine Geltung habe. Er gilt übrigens auch für ihre Landsmänner nur bei der ersten Ehefrau. Als zweite Frau [Ehe, S. 59] sowie als Zweitfrau [Polygynie, S. 61] werden auch geschiedene oder verwitwete und somit «offene» Frauen geheiratet. Der Brautpreis für sie ist geringer. Weil das wertvolle Gut Jungfräulichkeit entfällt? Weshalb es plötzlich entfallen darf bei einer zweiten Brautwahl, hat mir keiner der Männer befriedigend erklären können.

Auf meine Anmerkung, künstliche Jungfräulichkeit könne operativ leichter wiederhergestellt werden als natürliche, reagierte die Männerrunde eher unwirsch, was mir verriet, dass ich einen wunden Punkt berührt hatte.

Giuseppe erklärte: «In unserer Kultur weiss man, ob sich ein Mädchen

lich, biologisch, rein anatomisch etc. auffassen, ebenfalls ein Konzept ist, das sich historisch entwickelt hat, weist Laqueur in seinem spannenden Buch *Marking Sex. Body and Gender from the Greeks to Freud* (1990) nach. Aus ganz anderer, feministisch-philosophisch-postmoderner Perspektive wird jede naive biologisch-anatomische Gewissheit über das eigene Geschlecht als Schicksal unerbittlich, wenn auch nicht unwidersprochen, u. a. von Butler (1991) dekonstruiert.

1 Wahrscheinlich habe ich nach dem Ehre/Schande-Komplex nicht genug gebohrt: Als sich nämlich erwies, dass Vera ein Kind erwartete, nach ihrer Aussage von einem Mann, den sie in Kenia heimlich geheiratet hatte, was ihr niemand glauben wollte, galt das Kind als Bastard und war eine Schande, und Vera wurde in einen Abgrund der Verzweiflung und Isolation getrieben, der zu Tätlichkeiten [Zweikampf, S. 65] und Selbstmorddrohungen führte; für mich ein düsteres und vom Team (ich schliesse mich ein) dilettantisch gehandhabtes Kapitel in der Geschichte des Zentrums.

vor der Heirat herumgetrieben hat. Man erkundigt sich. Ein somalischer Arzt würde das nicht machen. Oder es wäre sehr teuer...»

Ich dachte: Also wäre es unter Umständen doch zu machen. Hawa meinte, als ich ihr das Gespräch brühwarm am Telefon erzählte: «Natürlich ist es zu machen! Gegen Geld bekommst du in Somalia alles. In der Schweiz auch! Wie war denn das früher mit den illegalen Abtreibungen?»

Ja, wie war das? Und wie wird es sein, wenn für illegale Beschneidungen viel Geld geboten wird? Wenn sich in der Schweiz ÜberzeugungstäterInnen finden sollten? Wie ein in Karin Jungers Film (1992) porträtierter, kulturrelativistisch argumentierender französischer Arzt?

Ein unscheinbarer Nachsatz, dieses «Oder es wäre sehr teuer.» Er weckt in mir neue Zweifel daran, ob es gelingen kann, kleine Mädchen in der Schweiz vor Verstümmelung zu schützen.

REINHEIT DES MANNES

Nachdem ich mit den erwachsenen Männern eingehend über doppelte Jungfräulichkeit gesprochen habe, kann ich es mir nicht versagen, beiläufig anzumerken, dass die Keuschheitsregel bis vor kurzem auch in Europa Geltung gehabt habe, nur für junge Frauen natürlich, nicht aber für Männer, denen mehr oder weniger offiziell zugestanden worden sei, sich die «Hörner abzustossen», Erfahrungen zu sammeln u. ä. Und mehr rhetorisch frage ich: «Sicherlich ist das in eurer Kultur genauso?»

Ich brauche mit voller Absicht diesen Lieblingsbegriff der Somali [S. 98], um anzudeuten, dass es mir um Konzepte gehe, Abstraktionen, nicht etwa um die persönliche Lebenspraxis der anwesenden Männer. Die mich in Wahrheit natürlich brennend interessiert.

Schweigen kommt auf. Sie haben den von mir ausgelegten Köder gewittert und überlegen, ob sie auf kultureller oder persönlicher Ebene anbeissen sollen. Sie können sich nicht absprechen, also schweigen sie weiter. Ich verwünsche mich schon für meine ungeschickte Befragungstechnik.

Da ermannt sich Nicola: «Der Koran schreibt vor, dass auch junge Männer keusch sind und rein.»

Religiöse Ebene! Worauf ich beschliesse, doch die persönliche Ebene anzusteuern, und bemerke, an diese Vorschrift der Religion, die übrigens auch in unserer Religion gelte, halte sich aber doch wohl nicht jeder junge Somali.

Sie lassen sich nicht fangen. Da ich keinen der anwesenden Männer direkt zu fragen wage, ob er sich seinerzeit daran gehalten habe, wiederholt Ermanno in vielen wohlgesetzten Worten, was Nicola bereits in wenigen gesagt hat. Nämlich, dass Reinheit vor der Ehe auch für den Mann geboten sei. Die beiden andern nicken ernst. Ich will schon aufgeben, als der Nachsatz kommt:

«Nur ein reiner Mann kann eine Frau öffnen, ist stark genug, eine Frau zu öffnen, verstehst du?»

Ja, ich verstehe: Nur ein ungebrauchter, unverbrauchter Penis kann das Werk tun. Und ich staune über so viel Symmetrie der Moral. Und über den Umstand, dass mir dieses prächtige Stück Ideologie in meinem sehr umfassenden Studium der Literatur über alle Formen der Beschneidung noch nie begegnet ist.

Es ist sehr still im Zimmer. Ich frage mich, ob meine Informanten glauben, ich glaube, dass sie glauben, was sie mich glauben machen wollen. Ich zeige ihnen mein Pokergesicht, sie zeigen mir ihres. So sitzen wir noch einen Moment lang lauernd am Tisch. Dann empfehlen sich die Herren.

Ich bleibe zurück mit dem Psychologen des Zentrums, der dem Gespräch als stummer Zeuge beigewohnt hat. Er gibt mir ein Feedback, kritisiert auch grundsätzlich mein Vorgehen [vgl. S. 22], was ich ohne Defensivreaktion hinnehmen kann. Denn meine mangelhafte Technik hat eben ein Konzept zutage gefördert, dessen Schönheit meinen mit dem ganzen Beschneidungsdiskurs nicht vertrauten Kollegen nicht so entzücken kann wie mich, die ich nachher im dämmrigen Teambüro sitze und, statt meine Notizen zu ergänzen, sinne, rauche und in mich hineinlache.

REINHEIT DER FRAU

Von Reinheit im Sinne von Jungfräulichkeit war bereits die Rede. Die Frauen wissen, dass die Männer an der Vorstellung hängen, der Erste zu sein. Anmerkung der respektlosen Bella: «Sie haben Angst, dass wir sie und ihr … – du weisst schon – mit andern Männern vergleichen!»

Die strenggläubige Pia brachte *gudniin* in Zusammenhang mit religiöser Reinheit: «Bevor wir gemacht sind, können wir nicht beten und dürfen nicht in die Moschee, weil wir die vorgeschriebenen Waschungen nicht richtig ausführen können.»

Bei den Waschungen des Islam gehen die Begriffe Reinheit und Reinlichkeit ineinander über. Pias Aussage verrät, dass aus ihrer Sicht eine naturbelassene Vulva nie richtig sauber sein kann.

«Europäerinnen sind ja immer feucht!» sagt auch die aufgeklärte Bella, sichtlich mit Schaudern. Als ich nachbohre, gesteht sie, eigentlich finde sie die Vorstellung einer offenen Vulva mit Schamlippen schlicht ekelerregend. Ihre saubere Narbe sei «schöner als euer Geschlampe!»

Ich staune, bin auch ein bisschen beleidigt. Sie merkt es sofort, nimmt meine Hand und beschwört mich: «Charlotte! Sei doch nicht so! Ich weiss ja, dass *gudniin* schlecht ist für die Frauen, und ich habe dir gesagt, dass ich es mit meinen drei Töchtern nicht machen werde. Aber versteh doch, dass ich einfach daran gewöhnt bin, geschlossen zu sein!»

Anna äussert sich später ganz ähnlich und erklärt schliesslich kategorisch: «Ich werde nur mit Kaiserschnitt gebären! Nie mehr soll jemand meine Narbe berühren!»

Meiner Ansicht nach verrät der Nachsatz, dass die Narbe nicht nur als schön und vertraut empfunden und positiv besetzt ist, sondern eben doch ein Trauma bedeutet und an die Schrecken der Operation erinnert.

Melissa [Unfreiwillig, S. 75] bestätigt später meine Vermutung: «Ich will nie ein Kind, auch nicht mit Kaiserschnitt. An mir ist da unten so viel herumgeschnitten und -genäht worden, dass ich schreien könnte, wenn ich daran denke, dass man wieder was dran macht oder dass es reisst. Auch die Männer, mit denen ich zusammen bin, müssen einfach akzeptieren, dass ich da sehr, sehr empfindlich bin. Ich muss sagen, dass es die Europäer eher besser machen als die Somali. Die finden schnell, man benehme sich zickig.» [Liebhaber, S. 88]

Diese Zeugnisse werden auch in den Abschnitt «Schneiden und Nähen» [S. 84] einfliessen, wenn ich Defibulation und Reinfibulation im Kontext der westlichen Schulmedizin diskutiere.

HEIRATSCHANCEN

«Die Mädchen können nicht heiraten, wenn sie nicht ordentlich beschnitten sind», argumentieren Eltern in allen Teilen Afrikas. Mit «ordentlich» ist jeweils die Beschneidungsform gemeint, die in der Ethnie der Eltern gebräuchlich ist.[1] «Nicht heiraten können», heisst genau besehen, keinen

1 Die meisten AutorInnen entwickeln eigene Kategorien von unterschiedlichem Feinheitsgrad für die verschiedenen Beschneidungstypen. *antagem* unterscheidet drei Typen [s. Anhang, S. 132]. Die Differenzierung zwischen *sunna schnipp!* und *sunna pic!*, die ich von Rosa übernommen habe, ist nicht kanonisch und mag angesichts des

Mann der gleichen Ethnie heiraten können. Das Argument wird oft auch von Eltern vorgebracht, die die Praxis als schädlich ansehen und wünschen, sie würde verschwinden.

Ich habe dieses Argument immer ernst genommen und finde, es sei schwer zu widerlegen, solange Heiraten und Kinderkriegen für eine Frau praktisch der einzige gangbare Weg ist, ihr soziales und wirtschaftliches Überleben zu sichern, was nicht nur in Afrika noch immer für die überwältigende Mehrheit der Frauen gilt. Man hat mich bei meinen Nachforschungen denn auch mit dem Heiratsargument konfrontiert [Nadel und Faden, S. 104], aber viel seltener als erwartet. Meist sprach ich meine Gesprächspartner darauf an, wenn ich von der Rechtslage in der Schweiz anfing. Ich pflegte zu fragen: «Hast du Angst, dass deine Tochter keinen guten Mann findet, nicht gut heiraten kann, wenn sie nicht ordentlich ‹gemacht› ist?»

Die meisten Frauen spielten den Punkt herunter. Die Feministin Bella: «Die Somali-Männer sollen das gefälligst lernen! Man muss ihnen sowieso bloss sagen, der Sex sei besser. Was ich übrigens gar nicht glaube!» [Lust, S. 92]

Rosa, achselzuckend: «Meine zukünftigen Schwiegersöhne sind selber noch jung. Bis sie erwachsen sind, kann sich vieles ändern.»

Pia: «Ich vertraue auf Allah. Er wird dafür sorgen, dass meine Töchter Männer finden.»

Julia: «Wenn ein Mann eine Frau wirklich liebt, nimmt er sie, wie sie ist».

Also ganz verschiedene Töne der Zuversicht, die mir Hoffnung machten.

Die Männer fragte ich zuerst, ob sie persönlich eine unbeschnittene Frau heiraten würden. Die jungen Männer sagten, sie hätten sich das noch nie überlegt. Ich glaubte ihnen nicht, liess sie aber in Ruhe. Die erwachsenen Männer entzogen sich der Antwort, indem sie sagten, sie könnten sich das nicht überlegen, weil sie doch schon verheiratet seien – mit infibulierten Frauen.

Diese Füchse halten mich wohl einmal mehr für blöd, denke ich an die-

Themas salopp wirken. Sie hat sich aber bei den Befragungen durchweg bewährt. Die Kategorien sind an sich unscharf, und eigentlich kann nur eine gynäkologische Untersuchung klären, wie drastisch im Einzelfall geschnitten wurde, da BeschneiderInnen nicht nur ihre bevorzugte Technik haben, sondern auch auf die Wünsche der auftraggebenden Verwandten eingehen. So wurde am Frauenspital Bern ein sehr eng genähtes Mädchen wegen Menstruationsschwierigkeiten defibuliert, und zum Vorschein kam eine völlig intakte Klitoris.

sem Punkt des klippenreichen Gesprächs. Ich bin irritiert, will mir aber nichts anmerken lassen und steuere zielstrebig weiter das Thema «Heiratschancen für nichtinfibulierte Somali-Mädchen» an: «Glaubt ihr, dass Mädchen, die in der Schweiz aufwachsen, und hier, wie übrigens überall in Europa, nicht ‹gemacht› werden können, wie ihr ja jetzt wisst, keine Männer finden werden?»

Nein, darüber machten sie sich eigentlich keine Sorgen.

Kein Wunder! Ihre Töchter sitzen ja in irgendwelchen fernen Lagern und sind, wie mir die Väter sagen, die vor mit sitzen und mich zunehmend nerven, allesamt sauber infibuliert! Sie sollten sich aber Sorgen machen und mir helfen, Argumente zu finden, mit denen ich verunsicherte Somali-Eltern überzeugen kann, ihre Töchter in Ruhe zu lassen!

Sie helfen mir nicht.

Also sollen sie sich wenigstens meine Argumente anhören! Ich komme ins Feuer: «*Gudniin* ist nicht gut. Das habt ihr doch selbst gesagt. Und ein infibuliertes Somali-Mädchen, das in Europa aufwächst, hat noch das Problem, dass es anders ist als seine Freundinnen, zum Beispiel in der Schule. Und überhaupt sind vielleicht einmal alle froh, wenn es nicht infibuliert ist – es könnte schliesslich einen Europäer heiraten wollen!

Eisiges Schweigen verrät mir, dass ich soeben einen kapitalen Bock geschossen habe. Ich kann förmlich lesen, was in den Köpfen vorgeht:

«Einen *gaalka* heiraten? Niemals! Da gibt's nur eines: Lieber früher als später – *gudniin!*»

Ich habe gerade das beste Motiv geliefert, auch im Exil an der Praxis festzuhalten, notfalls im Untergrund. Ich weiss doch, dass die Somali nach eigenen Aussagen «rassistisch» sind, mit grossem Stolz von ihrer Kultur sprechen! Dass sie vermutlich diese Kultur gerade im Exil mit allen Mitteln hoch- und reinhalten wollen! Reinhalten: Keine Mischehen, bitte. Sicherste Methode: *gudniin*.

Ich könnte mich ohrfeigen. Versuche noch, meinen Fehler zu vertuschen, sage lahm: «Oft wird das ja natürlich kaum vorkommen.»

Taktvolles, unverändert eisiges Schweigen.

Ich weiss nicht mehr, wie ich es geschafft habe, noch das Thema «Reinheit des Mannes» [S. 53] anzuschneiden.

Zweierlei habe ich gelernt: Überzeugungseifer ist kontraproduktiv. Das Argument «Mischehe» ebenfalls. Und ich beschwöre alle, die präventiv wirken wollen in Sache Frauenbeschneidung, es *nie* zu verwenden.

UNBESCHNITTEN I

Die zweite Informantin, die wir, noch zu dritt, in der Anfangsphase trafen, erzählte gleich zu Anfang, sie sei – unbeschnitten. Unbeschnitten?

Bianca ist beredt, schön und elegant. Und sehr hell, was nach somalischem Kodex erstrebenswert ist. Ich denke sofort: Ein Elternteil weiss? Sicher deshalb unbeschnitten! Aber nein. Mogadishu, beste Familie, Vater hoher Beamter – eine rein somalische Prinzessin.

Doch die Mutter, praktizierende Gynäkologin am Benadir-Spital, selber infibuliert, habe unter dem Eindruck der blutigen Szenen im Gebärsaal beschlossen, ihrer Jüngsten das Messer zu ersparen, hinter dem Rücken des konservativen Vaters. Ebenfalls hinter dem Rücken des Patriarchen habe Bianca bei der Mutter die Erlaubnis erwirkt, gegen alle Schicklichkeit mit ihrem Bräutigam vor der Hochzeit unter vier Augen zu sprechen. Sie habe ihren ganzen Mut zusammengenommen und ihm einfach gesagt, dass sie nicht infibuliert sei; sie wollte nicht riskieren, in der Hochzeitsnacht wegen ihres Mangels an doppelter Jungfräulichkeit mit Schimpf und Schande heimgeschickt zu werden. Der Bräutigam, der damals bereits in Europa lebte, war hochbeglückt. Happy-End.

Das uns insgeheim nicht so glücklich machte: Wir wollten doch mit *beschnittenen* Frauen sprechen! Biancas schöne Geschichte ergab für uns kein Datenmaterial! Erst hinterher, bei der Besprechung, begriffen wir plötzlich, dass diese Geschichte sogar von höchstem Interesse war. Bianca hatte nämlich auch beschrieben, wie schwierig es gewesen sei, ihren unbeschnittenen Zustand vor weiblichen Verwandten und vor den Kameradinnen im Internat geheimzuhalten. «Beim Duschen musste ich immer aufpassen, dass niemand sah, dass ich unbeschnitten bin. Das hätte einen Skandal gegeben!»

Biancas Erzählung zeigt deutlich, dass es gar nicht so leicht ist, die Tradition einfach abzuschütteln. Der soziale Druck ist sehr gross. Nach Hawa ist es unter Frauen ganz üblich, die Mütter kleiner Mädchen zu fragen: «Ist sie gemacht? Schön eng? Wann machst du sie?»

Normalerweise sind ältere weibliche Verwandte bei der Operation anwesend und wachen darüber, dass nicht zu zimperlich geschnitten und genäht wird. Zumindest inspizieren sie das Kind nach der Operation und verlangen eine Nachoperation, wenn die neue Scheidenöffnung nicht dem Ideal «hirsekorngross» entspricht. Bevor ein Mädchen «gemacht» ist, gilt es als Kleinkind und wird von den älteren Mädchen erbarmungslos gehänselt, so dass die Kinder ihre Eltern manchmal bestürmen, endlich infibuliert zu werden [Freiwillig, S. 74]

Nach Hawa ist es auch üblich, dass Mädchen einander ihre Narbe zeigen, die Öffnung vergleichen – und erbittert darüber streiten, wer schöner sei und enger genäht [Zweikampf, S. 65, Schön eng, S. 86]. Endlich habe auch die Schwiegermutter grundsätzlich das Recht, die Braut ihres Sohnes zu inspizieren und sich zu überzeugen, dass die versprochene «Ware» dem geforderten (für Jungfrauen höheren) Brautpreis entspricht.

In diesem Umfeld intensiver sozialer Kontrolle ist es für Eltern überhaupt nicht leicht, sich von der Tradition abzusetzen. Happy-End für Bianca, jüngste Tochter einer beherzten Gynäkologin. Melissas Eltern jedoch, ebenfalls Ärzte, konnten eine Tragödie nicht verhindern [Unfreiwillig, S. 75].

EHE

Der Ort am See ist auf Alters- und Kurtourismus spezialisiert. Maria mit ihrem geradezu ethnologischen Interesse an den Sitten und Gebräuchen ihrer neuen Heimat kommentiert die Spaziergänger auf der Seepromenade: «Nichts als graue und weisse Paare in beiger Uniform!» Mir fällt erst jetzt auf, dass das Durchschnittsalter der Paare im gediegenen, eben beigen Freizeit-Look über siebzig liegt.

«Bei uns sieht man praktisch keine alten Paare. Die Frauen sind geschieden und leben bei ihren Kindern. Die Männer haben neue Frauen und neue Kinder. Weshalb können sich diese alten Menschen überhaupt Ferien leisten? Sind sie reich?»

Nun muss ich wirklich hinschauen: «Nein. Die wirklich Reichen kommen nicht hierher. Diese Paare haben Altersrenten und eine Pension und sind weder arm noch reich.»

Das will nun Maria alles genau erklärt haben. Ich möchte sie eigentlich lieber über ihre Ehe ausfragen, lasse das aber bleiben, weil sie Witwe ist, sieben unmündige Söhne hat, im Moment noch behütet im Zentrum lebt, darüber schimpft («Noch ein Lager!») und nicht ahnt, wie schwierig ihr Leben sein wird in der Schweiz.

Mit Ausnahme von Julia waren alle Frauen im Zentrum ohne Mann [Rauch, S. 93]. Sie waren mehrheitlich *Women at Risk* [vgl. S. 17] und entweder ledig oder verwitwet oder sagten, ihr Mann sei verschollen. Ich habe deshalb zwar nach Defibulation und Lustfähigkeit [S. 92] gefragt, aber nicht nach den Ehen, weil ich nicht an einen weiteren Schmerzpunkt rühren wollte. So habe ich mir kein eigenes Bild machen können über eheliche Macht- und Vermögensverhältnisse, Aufgabenteilung, eheliche Treue etc.

Alle Autoren betonen, somalische Ehen seien unstabil, Scheidungen (auch von Frauen betriebene) unkompliziert und an der Tagesordnung. Lewis als klassischer Ethnologe formuliert wie folgt:

> «Eheleute leben grossenteils bei der Gruppe des Mannes, aber eine Ehefrau ist nur lose an diese gebunden; sie behält ihre eigene Genealogie, und ihre Verwandten väterlicherseits bleiben weitgehend für sie verantwortlich. [...] Scheidung ist häufig, beendet die Ehe, und die Verfügungsgewalt über Heirats- und Fortpflanzungsfähigkeit einer Frau geht an ihre Lineage zurück und wird bei weiteren Heiraten erneut gegen Bezahlung von Brautgeld an die Lineage eines Mannes übertragen.» (1961: 136, 138, Ü.d.A.)

Ich habe mich natürlich sofort gefragt, ob nicht auch ein Zusammenhang bestehe mit *gudniin*. Die Erzählungen von Anna und Bella [Dreifacher Schmerz, S. 43] über ihre Defibulation illustrieren die Belastung, der eine junge Somali-Ehe ausgesetzt ist, zusätzlich zu allen üblichen, auch EuropäerInnen vertrauten ehelichen Anpassungsschwierigkeiten.

Rosa sagte: «Mit meinem (ersten) Mann ging es nicht. Im Bett, weisst du. Erst mit dem zweiten Mann hatte ich es gern. Vom ersten habe ich mich scheiden lassen.»

Ich wünschte, ich hätte etwas eingehender nach den Ehen, Scheidungen und den Gründen gefragt. Talle (1993) konstruiert aufgrund (strapazierter) sprachlicher Belege eine kognitive Verknüpfung zwischen Infibulation, agnatischer Filiation und Ehe. Infibulation mache durch «Nähen und Binden», Frauen zu reinen Agnaten (Verwandte väterlicherseits), d.h. zu Männern und damit zu Vollmitgliedern der väterlichen Lineage. Die gerade Narbe symbolisiere Männlichkeit. Bei der Heirat würden Frauen dann an die Lineage des Mannes angenäht bzw. -gebunden, indem durch Defibulation das Eingenähtsein in der agnatischen Lineage gelöst und die männlichen Töchter wieder zu weiblichen (Ehe-)Frauen gemacht würden. Ich finde Talles Ausführungen nicht sehr überzeugend oder erhellend. Die Symbolik des Bindens für Heirat ist doch sehr geläufig und nicht zwingend mit Infibulation verbunden.

POLYGYNIE

Bella erzählt von Vater und Mutter. Beide sind in der Schweiz. Sie ereifert sich: «Und jetzt will die andere auch noch kommen!»

Ich weiss nicht, wen sie meint.

«Ach, seine zweite Frau. Sie ist mit ihren vielen Kindern [also Bellas jungen Halbgeschwistern] in einem Lager im Yemen. Soll sie dort bleiben. Eine furchtbare Frau. Sie raucht, kaut *qaat* [für Frauen ungehörig, aber sehr geläufig], klatscht, gibt das Geld meines Vaters aus und macht sich damit wichtig.»

Die erfrischend offenherzige Bella! Ich frage sie: «Würdest du dich wie deine Mutter damit abfinden, dass dein Mann eine zweite Frau hat – ich meine: richtig heiratet?»

Bella: «Niemals!!! Ich würde meine Kinder nehmen und gehen!» Sie reisst ihre neugeborene Tochter, die aufschreit, an die Brust und funkelt mich böse an, als sei ich der Ehemann auf Freiersfüssen.

Weniger dramatisch, aber genauso kategorisch sagen Rosa, Pia, Maria, Julia: «Niemals!»

So dass sich die Tendenz wohlhabender Männer zur Polygynie [1] eher zu serieller Monogamie wandelt und zur hohen Scheidungsrate beitragen mag. Die heftige Reaktion der Frauen verrät meiner Meinung nach auch Angst. Die gleiche Angst, die nach Geburten zum Wunsch nach partieller Reinfibulation führt [Schneiden und Nähen, S. 84]? Sind manche Frauen deshalb geschieden und leben bei ihren Kindern, wie Maria sagte, weil ihr durch *gudniin*, Defibulation, Mehrfachgeburten und -reinfibulationen endlos strapaziertes Genitale nicht mehr «schön eng» [S. 86] gemacht werden kann und buchstäblich «ausgedient» hat? Die Hebamme Pia: «Nach mehreren Geburten nähen wir nicht mehr richtig zu. Es geht auch nicht mehr so gut.»

1 Im Januar 1975 wurde in Somalia ein neues Familienrecht eingeführt, das an sich die Stellung der Frauen verbessert: Sie können fortan von ihren Ehemännern erben und unter bestimmten Umständen selbst die Scheidung einreichen (während der Mann seine Frau nach wie vor ohne Angabe von Gründen verstossen kann). Das Heiratsalter wird heraufgesetzt und Polygynie an gewisse Bedingungen wie u. a. die Unfruchtbarkeit der Frau gebunden, allerdings nur zivilrechtlich. Ein Mann kann weiterhin nach islamischem Recht (Scharia) vier Frauen kirchlich, d. h. in der Moschee, heiraten, was in den Augen der meisten Somali ohnehin die einzig gültige Form der Eheschliessung darstellt. Das neue Gesetz führte zu Demonstrationen und heftigem Protest konservativer Muslime. Das Regime verhaftete eine Anzahl kritischer *wadaad* und liess sie hinrichten (Forni 1980).

So dass die Männer, einmal ganz abgesehen von ihren Gefühlen für oder gegen eine (vorzeitig) alternde Ehefrau, neue Frauen brauchen, weil sie nach der Lehre des Islam so viele Kinder wie möglich zeugen müssen?

Bittere Ironie: *gudniin* ist die Bedingung, einen Mann zu bekommen und ist der Grund, ihn früher oder später wieder zu verlieren. Ich habe keine Aussage, die direkt und explizit belegen würde, dass dieser Double-Bind den Frauen bewusst ist als vierter Schmerz. Ich habe auch nicht danach gefragt, weil mir der Zusammenhang zwischen verschiedenen Andeutungen erst beim Schreiben aufgefallen ist.

Die meisten AutorInnen thematisieren nur die Probleme von infibulierten Frauen in der Reproduktionsphase. Weil es normal ist, dass Frauen, seien sie beschnitten oder nicht, als Gebärerinnen (und oft gleichzeitig als Sexualpartnerinnen) einmal «ausgedient» haben?

Nicht von dieser eigentümlichen Blindheit geschlagen ist der somalische Arzt Mahdi Ali Dirie. Er schreibt in seiner vorzüglichen Studie «Female Circumcision in Somalia: Medical and Social Implications»:

> Obwohl sowohl Polygamie wie Scheidung nach der islamischen Religion erlaubt sind, ist das Ausmass, mit der Frauenbeschneidung als Faktor Polygamie und Scheidung verursacht, immer noch nicht erkannt. Beide sind die Folge, wenn zu viele psychosoziale Probleme, die mit der Bescheidung zusammenhängen, auftreten. Polygamie und/oder Scheidung können sich aus den medizinischen Komplikationen der Beschneidungspraxis ableiten. Diese Komplikationen führen zu sexuellen Problemen, Vernachlässigung und Scheidung.» (1985: 99 f., Ü.d.A.)

Als weiteren Faktor nennt er die Erschöpfung der Frauen durch zu viele Geburten. Vielleicht steckt in dem vierten Schmerz ein brauchbares Argument für die Überzeugungsarbeit gegen Konzepte wie «doppelte Jungfräulichkeit» [S. 51] und «schön eng» [S. 86]. Spätestens in der Migration dürften auch Verhütungsmassnahmen aktuell werden. Der traditionell islamische Wert «Kinderreichtum» wird angesichts der hiesigen Wohnverhältnisse und Lebenskosten ganz von selbst zum Problem für Flüchtlingspaare. Dass auch Hilfswerke und Sozialämter Druck ausüben werden, ist naheliegend. Infibulierten Frauen mag die Notwendigkeit zur Familienplanung doppelt einleuchten, wenn sie durch ihre spezifischen medizinischen Probleme bei pausenlosem Gebären ihre Ehen gefährdet sehen.

Alle angesprochenen Themen scheinen in einem Gedicht der somalischen Dichterin Dahabo Elmi Muse auf. Sie hat dafür den ersten Preis am Dichterinnen-Wettstreit anlässlich des Internationalen Seminars über Frauenbeschneidung vom 13. bis 16. Juni 1988 in Mogadishu erhalten:

Pharao [1], von Gott verflucht,
Hörte nicht auf Moses' Predigt,
Wich ab von der Thora,
Die Hölle sein Lohn!
Ertrinken sein Los!
Ihre Beschneidung
Schlächterei, Ausbluten, Aderlass!
Schneiden, Nähen, Schneidern von Fleisch!
Untat, nie vom Propheten erwähnt,
Kein anerkanntes Hadith!
Nicht zu finden bei Abu Hureya,
Von keinem Muslim gepredigt,
Früher und heute nicht im Koran!
Und wenn ich dachte an meine Hochzeitsnacht
In Erwartung von Zärtlichkeiten,
Küssen, süss, Umarmung und Liebe –
Nichts, nie!
Mich erwarteten Schmerz, Leiden, Traurigkeit.
Da liege ich in meinem Brautbett, stöhnend,
Eingerollt wie ein verwundetes Tier im Schmerz der Frau.
Am Morgen erwartet mich Spott.
Meine Mutter verkündet:
Ja – sie ist Jungfrau.
Wenn mich Angst überkommt,
Wenn mich Zorn packt,
Wenn mich Hass begleitet,
Kommt Zuspruch von Frauen. Frauenschmerz ist es
Und vergeht, wie Frauensache, jede, vergeht!
Die Reise geht weiter, der Kampf,
Wie moderne Geschichtsschreiber es nennen!
Mein Bauch wird zum Ball,
Ein Schimmer von Glück, von Hoffnung
Erscheint: ein Kind, ein Leben, neu!
Ah, neues Leben gefährdet meines,
Seine Geburt ist Tod, Zerstörung für mich!
Das ist, was Grossmutter nannte
Den dreifachen Schmerz der Frau.

1 Bezug auf den Ausdruck «pharaonische Beschneidung» für Infibulation.

Erinnernd nenne ich Grossmutters Wort:
Beschneidung, Hochzeitsnacht, Geburt
Eines Kindes – dreifacher Schmerz der Frau.
Das Kind bricht hervor, ich schreie um Hilfe,
Gemartertes Fleisch zerreisst.
Ungerührt sagen sie: Press! Nur Frauenschmerz
Ist es, und Frauenschmerzen vergehen.
Sinnt dann der Mann, das gute Band zu brechen,
Beschliesst er Scheidung und Weggang,
Bleibt mir der Rückzug, verwundet.
Nun, hört mich, klage ich ein
Meine zerbrochenen Träume,
Mein Recht auf unversehrtes Leben,
Bei euch und allen Friedfertigen klage ich ein.
Schützt, helft, bietet Hand
Unschuldigen kleinen Mädchen, arglos,
Vertrauend, gehorsam den Eltern,
Grosseltern, Bekannten, lächelnd alle.
Führt sie ein ins Reich der Liebe
statt ins Schmerzensreich der Frau!

(AIDOS/SWDO 1989:135, Ü.d.A.)

GANG

Somalische Frauen gehen sehr stolz, sehr aufrecht, langsam, etwas schleppend. Das Langsame, Schleppende verschärft sich im Alter. Es fiel mir zwar auf, wie mühsam die Seniorinnen Gianna und Mafalda beim Treppensteigen Stufe um Stufe erklommen, dachte mir aber wenig dabei. Vielleicht waren sie müde oder Treppen nicht gewohnt (somalische Häuser, auch die Hütten im Flüchtlingslager, sind einstöckig).

Einmal sass ich wieder auf meinem Platz an der Hausecke, wo man gleichzeitig den Park- und Ballspielplatz und die Zugänge zum Haus im Auge hat; im Garten sass niemand. Müssig schaute ich den Frauen nach, die in kleinen Gruppen zum Einkaufen dorfwärts wandelten, und studierte einmal mehr ihren eigenartig schiebenden, rollenden Gang, der die Hüften in eher schwere als aufreizende Bewegung versetzt. Plötzlich stieg der passende (homerische?) Vergleich in mir auf: Sie gingen wie Ziegen, «euterumwandelnde»! Mit dem Unterschied, dass sie eben keine Euter, sondern das Siegel der Jungfräulichkeit zwischen den Beinen hatten. Oder sah ich Gespenster?

Erst viel später las ich bei Talle:

> «Wenn die Stiche verheilt und die Beine nicht mehr zusammengebunden sind, beginnen die infibulierten Mädchen, sich wie kleine ‹Frauen› zu verhalten. Unter anderem mässigen sie die Bewegungsweise vom charakteristischen Rennen und Hüpfen der Kindheit zur für erwachsene Frauen typischen, langsamen und vorsichtigen Gangart.» (1993:87, Ü. d. A.)

Hier wird nur gesagt, dass der charakteristische Gang *nach*, nicht *wegen* der Operation angenommen wird. Ich glaube aber, dass die traumatische Erfahrung aller Frauen in ihren Habitus eingegangen ist.

Gleichzeitig mit dem homerischen Beiwort hatte sich auch ein eigenartiges Gefühl des Déjà-vu eingestellt, das sich auf eine literarische Quelle beziehen musste. Ich las auf der Suche nach einer Schilderung dieses Schreitens, das ich bei der ersten Lektüre noch nicht auf die Infibulation bezogen hatte, die schönen Bücher von Lightfoot-Klein (1989) und Cloudsley (1984) wieder, wurde aber erst fündig, als ich «Hommage» schrieb [S. 112].

ZWEIKAMPF

Entschieden homerisch ist die Streitkultur der Frauen: An einem Nachmittag tigert Julia auf dem Flur vor Reginas Zimmer hin und her. Man holt mich, weil sich zwischen den beiden Frauen etwas zusammenbraue. Ganz gegen ihre Gewohnheit trägt Julia Jeans und T-Shirt. Als Kampfanzug. Als ich sie frage, was sie vorhabe, sagt die sonst so konziliante Julia mit hartem Blick: «Ich habe zu ihr gesagt, sie soll rauskommen, wenn sie es wagt!»

«Und wenn sie rauskommt?»

«Dann verhaue ich sie!»

In diesem Moment öffnet Reginas Sekundantin die Zimmertür ein wenig und späht hinaus. Ich kann Julia gerade noch festhalten, sie sträubt sich wie eine Katze. Kommt denn niemand? Sonst laufen doch immer alle zusammen, wenn es spannend wird!

Nun stimmt Regina im Zimmer lauthals einen klagenden Sprechgesang an, den ich mir nachträglich übersetzen lasse. Sinngemäss ging das etwa so: «Wo sind die Männer meines Clans, die meine Ehre beschützen? Wo sind sie? Bin ich denn ganz verlassen auf dieser Welt? Sterben will ich – sterben!»

Da erscheinen Reginas Schwiegersohn Giuseppe und der junge Aldo, wie Regina beide vom Clan der Mareehan, von der einen Seite, Julias Gatte Antonio mit Sekundanten, alle dem Majerteen-Clan zugehörig, von der andern. Ich überlasse ihnen die fauchende Julia und stürze in Reginas Zimmer – ich verstehe ja nicht, was sie so schreit. Als sie mich erblickt, reisst sie sich, immerfort weiterklagend, buchstäblich die Kleider vom Leib und steht, für alle zu sehen, eine grosse Tragödie, im Unterkleid da.

Ich weiss nicht, ob ich lachen oder mich fürchten soll. Nun nehmen aber die Männer die Sache in die Hand, der eigentliche Zweikampf findet nicht statt, und nach langen Verhandlungen muss sich Julia im Teambüro vor Zeugen bei Regina entschuldigen. Worum es eigentlich ging, kann ich meinen Notizen nicht entnehmen.

Als ich Hawa vor dem für mich erstaunlichen Zwischenfall erzähle, findet sie nichts Besonderes dabei: «Man sagt einfach: Komm raus mit mir! Dann prügelt man sich, dann greifen die Männer ein, und dann ist die Sache erledigt!»

«Komm raus mit mir, wenn du es wagst!» scheint die klassische Formel zu sein, mit der frau eine Feindin zum Zweikampf auffordert.

Wie sagte Roberto? «Löwinnen sind sie!»

Einen weiteren formellen Zweikampf zwischen Mirella und Vera, hinter dem Haus, bei dem die Fetzen flogen, habe ich verpasst. Zum Glück, denn ich war Partei für die schwangere Aussenseiterin Vera, die ich immer wieder zu unterstützen versuchte, was mir in gruppendynamischer Hinsicht letztlich misslang, mir aber Veras wortlosinnige Zuneigung eintrug.

Informelle, zum Teil ziemlich bedrohliche Handgreiflichkeiten und keifende Beschimpfungen zwischen Frauen waren häufig, die Konfliktstoffe meist vom Typus «Waschküchenschlüssel», gewürzt mit einer Prise Clan-Zwist. Die Männer bewältigten Krisen, von einer Prügelei abgesehen, würdevoll-rhetorisch. Kinder wurden angeschrien (auch von mir) und – für meinen Begriff – rasch und oft gehauen, aber nicht eigentlich geprügelt. Kinder untereinander hauten und stritten heftig, aber kurz.

In einen Zweikampf besonderer Art mündet nach Talle (1993:97) manchmal ein Streit unter Mädchen, der mit der Formel «Car soo dhigo» (Zeig her, wenn du es wagst!) eingeleitet werde. Hergezeigt und als vorhanden nachgewiesen werden soll dabei die möglichst eng infibulierte Vagina!

SHARMUUTO I

Sharmuuto (Hure) als Schimpfwort war im idyllischen Haus am See so geläufig, dass es in Gedanken auch mir gelegentlich entfuhr. Oft war es ein Signal, dass sich ein Drama anbahnte.

Deshalb gehen Hawa und ich ans Fenster, als es an einem Morgen mehrfach vom Hausplatz her erschallt. Da sitzt Mirella mitten im Hof allein auf einem Stuhl. In ihrem blauen *dirac* sieht sie aus wie eine schwarze Madonna im Sternenmantel. Sie gestikuliert und deklamiert in den höchsten Tönen zu den Fenstern hinauf – eine Szene aus einer Oper. Und wie in der Oper verstehe ich den Text der Arie nicht. Hawa hört einen Moment zu, sagt dann lachend: «Das ist etwas für dich!» und übersetzt:

«Sie nennt mich eine Hure, eine Hure nennt sie mich! Hure selber ist sie, eine Hure! Wer mich für eine Hure hält und Hure nennt, der komme her! Zeigen will ich ihm, dass ich geschlossen bin, ein Mädchen, Frau nicht und Hure nicht! Zeigen will ich ihm mein unberührtes eng verschlossenes Geschlecht!» Und so weiter.

Der Hintergrund für diese erstaunliche Darbietung war ein eskalierender und von verschiedenen AkteurInnen wacker geschürter Streit zwischen Mirella und Vera, die das Zimmer teilen mussten. Vera, in den Augen der Gruppe mit einem Bastard schwanger und deshalb *sharmuuto*, hatte dem Vernehmen nach den Titel an Mirella weiter- oder zurückgegeben, und diese rief nun die Öffentlichkeit an. Später kam es zum erwähnten Zweikampf.

Einige Tage danach fällt Vera bei einem Streit mit Mirella schwer zu Boden und klagt hinterher über Bauschschmerzen. Wir befürchten einen Abort und fahren sie zum Dorfarzt – glücklicherweise umsonst. Vera sagt, Mirella habe sie gestossen; Mirella sagt, Vera sei bei einer wütenden Attacke selber hingefallen. Beide bekommen Geldbussen aufgebrummt, die beide als Ungerechtigkeit empfinden. In der nächsten Nacht, Hawa ist nicht da, die Nachtwache momentan unauffindbar, holt man mich zu Mirella, die Chinintabletten geschluckt habe, um Selbstmord zu begehen. Sie liegt auf dem Bett, wirft sich stöhnend hin und her, bäumt sich auf. Obwohl mein Riesenschreck dem klaren Gefühl weicht, Mirella simuliere, alarmiere ich den Arzt, der mich beruhigt, sofort kommt und sich Mirellas annimmt. Wir finden keine Pillenschachtel, und schliesslich weist die kluge Pia darauf hin, dass auf somali alle Tabletten *kiniin* genannt würden. Mirella ist unansprechbar. Da nach Auskunft des toxikologischen Instituts eine Überdosis Chinin (in unserem Sinn) ziemlich giftig ist – und, wie ich wusste, in Somalia auch als Abtreibungsmittel verwendet wird –, liefert der Arzt, der meinen Eindruck teilt, der Selbstmordversuch sei eher eine hysterische Krise und grosse Show, Mirella ins Regionalspital ein, wo man ihr den Magen auspumpt. Als ich sie am nächsten Tag besuche, ist sie auf den Beinen und etwas verlegen. Gefunden hatte man nichts.

Vera wird in ein anderes Zimmer verlegt, die Lage beruhigt sich, und

Mirella bekommt, was sie, meiner Meinung nach, immer angestrebt hat: ein Einzelzimmer. Ich hatte etwas Mühe mit Mirella, weil ich gar nicht klug wurde aus ihr. An einem Tag fiel sie mir um den Hals und gestand, sie sei wahnsinnig verliebt in den blauäugigen jungen Kollegen Hanspeter; am nächsten Tag grüsste sie kaum. Mal schlich sie verschlampt und misslaunig in Jeans und T-Shirt herum, mal wandelte sie schon am Morgen im Sternenmantel durchs Zentrum, entblösste die schönen Schultern und flirtete, dass die Funken stoben. Den obligatorischen Schulunterricht besuchte sie trotz ständiger Ermahnungen und Sanktionen selten. Sie wusste sich mit allen Mitteln in Szene zu setzen und bekam viel Aufmerksamkeit vom Team.

In den Tagen nach dem Chinin-Drama sondiere ich die Lage bei Rosa und Pia, die so ziemlich alles wissen: «Ist Mirella wieder ganz okay? Steckt eigentlich noch was anderes dahinter – vielleicht Männer? Wird sie bedrängt? Gibt es Eifersucht?»

Das verneinen sie heftig: «Sie tändelt bloss. Du weisst doch, dass wir genäht sind; Mirella ist ganz geschlossen.»

Ich fragte mich, wie sie das wissen konnten. Dass Genitalinspektionen nicht unüblich sind, war mir noch nicht bekannt. Rätselhaft war auch, wie sie wussten, dass ich wusste. Ich hatte zu jenem Zeitpunkt nämlich erst mit Grazia und Vera über *gudniin* gesprochen und hielt meine Mission noch ganz geheim. War ich längst enttarnt? Oder wollten die beiden klugen Frauen mir und dem Team einen Hinweis geben auf ihre spezielle Frauensache? Wie später Maria, als bei Grazia die Wehen einsetzten [Halb, S. 72]?

Mag sein, dass meine Gewährsfrauen nur den guten Ruf einer Majerteen und damit aller Majerteen hochhalten wollten und deshalb Mirella gegen das Epithet *sharmuuto* verteidigten. Damals galt Mirella, deren Clan-Zugehörigkeit und Biographie genauso schillerndem Wechsel unterworfen waren wie ihre Person, noch als eine Majerteen von Pias Sub-Clan.

Da ich im Zentrum übernachtete, hatte ich Hinweise, dass Mirella nicht bloss tändelte – was ich ihr und den Männern durchaus gönnte. Nach dem Interview mit Mirella sagte ich mir aber, dass ich meine Hinweise überinterpretiert haben müsse. Mirella schilderte nämlich unter viel mädchenhaftem Gekicher, wie sie sich vor der Defibulation fürchte, gestand offenherzig, dass sie vor allem aus Angst noch Jungfrau sei, und zeigte grosses Interesse, als ich ihr sagte, in der Schweiz könne sie sich ohne weiteres von einem Arzt defibulieren lassen, wenn es einmal soweit sei – mit dieser Formulierung andeutend, auch vorehelich.

Über dieses Interview, auf das ich mächtig stolz war, haben Hawa und ich im Rückblick sehr gelacht, als uns bald nach der Plazierung, die Nachricht erreichte, Mirella erwarte von Nello ein im Zentrum gezeugtes Kind...

UNBESCHNITTEN II

Die etwa fünfzehnjährige Sandra war wahrscheinlich der glücklichste Mensch im Zentrum. Sie hatte zwar zusammen mit der Mutter und vier jüngeren Geschwistern auf der Flucht zuschauen müssen, wie der Vater, ein reicher Kaufmann, von paramilitärischen Banditen beraubt und dann ermordet wurde, und hatte anschliessend im schlimmen Utange-Camp in Kenia gelebt. Jetzt aber war sie in Sicherheit und im Gelobten Land, das alles zu bieten schien, was ihr Teenagerherz begehren mochte: Pop-Musik, Ice-cream, enge Jeans. In diesen flitzte sie gertenschlank und bildhübsch wie eine Eidechse durchs Haus. Obwohl sie als Älteste ihrer Mutter fleissig zur Hand gehen musste, strahlte sie fast immer und schien den Aufenthalt im Flüchtlingsheim als ein herrliches, endloses Ferienlager aufzufassen (was im Rückblick auch manche Erwachsene taten, die erst wie Maria über den «Lagerbetrieb» geschimpft hatten). Und sie war das einzige Mädchen in ihrer Altersklasse! Sie flirtete aber nicht lange herum, sondern verliebte sich in den auch in meinen Augen weitaus nettesten der zehn etwa gleichaltrigen Jungen, den ernsthaften Massimo. Wenn man tagsüber durch die Gänge ging, traf man in stillen Ecken auf die beiden, die flüsternd beieinander standen, sofort auseinanderfuhren und wegliefen. Abends trafen sie sich unter Grossmutter Mafaldas Aufsicht und in wimmelnder Gegenwart der jüngeren Geschwister in Sandras Zimmer. Der ungefähr achtzehnjährige Massimo benahm sich wie ein ehrbarer Bräutigam und bestürmte seine Mutter Maria, er wolle Sandra heiraten. Als die Mutter ihm diesen im Moment nicht gangbaren Weg ausgeredet hatte, zog er sich von Sandra zurück, damit sie durch ihn nicht in Verruf komme. Sandra schien nicht zu trauern, sondern weiterhin alles herrlich und spannend zu finden.

Im Rahmen des Unterrichts organisierte die Fachfrau für Gesundheit des Zentrums Führungen durch das Regionalspital. Nach der ersten Runde kam sie zu mir und berichtete leicht betreten, Regina, die von mir noch nicht befragt und informiert worden war, habe die Oberschwester, die die Führung leitete, in irgendeinem Zusammenhang unbefangen auf Beschneidung angesprochen. Diese habe von der Praxis offensichtlich keine Ahnung gehabt. Sie habe zuerst entsetzt, dann empört reagiert, und endlich sei das Wort «barbarisch» gefallen. Die Frauen hätten, zunehmend defensiv und kämpferisch, bestätigt, das sei nun mal so in Somalia und sie seien alle zugenäht. Im Tumult ein Zwischenruf von Martha: «Bloss die da ist nicht richtig gemacht!»

Und Martha zeigte auf – Sandra! Sandra habe Martha bedeutet, sie solle den Mund halten. Meine Kollegin konnte den Inhalt der zischenden Auseinandersetzung nicht verstehen, hörte aber, dass das im Team allen bekannte Wort *sharmuuto* fiel.

Ich war nicht glücklich über die Geschichte, obwohl sie bewies, dass auf seiten der Institutionen ein Informationsbedarf besteht und die Ergebnisse meiner Arbeit einmal in ein nützliches Projekt der angewandten Ethnologie einfliessen könnten. Gleichzeitig hatte ich das Gefühl, meine Arbeit schlecht zu machen. Ich hatte nämlich daran gedacht, mit der betreffenden Oberschwester vor der Führung über die Praxis der Frauenbeschneidung zu sprechen, hatte meinen Vorsatz aber vergessen oder verdrängt.

Vor allem aber tat mir die hübsche, junge Sandra leid. Man hatte sie öffentlich als Aussenseiterin blossgestellt und offenbar Hure genannt. Ich würde nicht zulassen, dass man das Kind quälte, weil es nicht ordentlich beschnitten war! Ich würde es stützen und schützen! So bot ich Grossmutter, Mutter und Kind eilends auf zu einem Gespräch und fühlte mich ganz als Glucke vom Dienst.

BRAVA

Sandras Familie stammt aus der südlichen Hafenstadt Brava, die politisch zu Somalia gehört. Starke portugiesische und arabische Einflüsse haben aber zu einer eigenen Brava-Sprache und -Kultur geführt. Leute aus Brava sind in den Augen der übrigen Somali gar keine Somali, weil sie aus dem klassischen Clan-System herausfallen, die Frauen nicht infibulieren, dafür offenbar in die Häuser einschliessen, und weil sie sehr hellhäutig sind. Grossmutter Mafalda wirkt mit ihrem hohen Wuchs und herrischen Wesen wie eine richtige Somali, aber Stella und ihre Kinder würden in jede Hafenstadt im Mittelmeerraum passen.

Mafalda spricht Brava und ziemlich fliessend Somali, Stella nur Brava, Sandra Brava, etwas Somali (weil ihr Vater sie auf Handelsreisen ins Landesinnere mitnahm), zudem Suaheli und ein bisschen Englisch, beides in Kenia aufgeschnappt.

Geht alles seinen geordneten Gang, übersetzt Hawa mein Deutsch in Suaheli, Sandra übersetzt für Mutter und Grossmutter in Brava und zurück.

Tatsächlich läuft die Kommunikation mit Mafalda, Stella und Sandra mehrspurig. Hawa und ich reden zwischendurch oft Englisch oder Italienisch. Dann antwortet Sandra auf ein englisches Bruchstück manchmal direkt in Suaheli und vergisst die Übersetzung für Stella und Mafalda. Oder

Hawa und Mafalda unterhalten sich plötzlich exklusiv in sonorem somali. Stella und ich fühlen uns in Babel und sind still, Stella in der ihr eigenen Geistesabwesenheit daran gewöhnt, ich gezwungenermassen, gegen meine Natur und mit dem Gefühl, die Kontrolle über das Gespräch, das *ich*, die *Ethnologin*, führen will, entgleite mir. Hawa, mein Alter ego, holt aber meist mehr heraus als ich, wenn ich sie machen lasse. So dass wir eigentlich immer im Tandem befragen. Nun also ist Sandra an der Reihe.

Hawa/Charlotte: «Im Krankenhaus haben sie offenbar zu dir gesagt, du seist nicht richtig beschnitten?»

Sandra mit Nachdruck: «Ja, die Kühe!» (oder vielleicht «Kamele»? Nein, die geniessen die höchste Wertschätzung der Somali. «Eselinnen»? Meine Notizen vermerken nur: «Ja, die...» Was Sandra meint, wird auch ohne Übersetzung klar»).

Hawa/Charlotte: «Und sie haben dich deswegen *sharmuuto* genannt?» Sandra: «Ja. Das sage ich bloss: Selber *sharmuuto*, alle zusammen!»

Hawa/Charlotte: «Aber du bist doch beschnitten?» Sandra: «Ja, natürlich – aber nicht wie die!»

Mafalda schaltet sich ein: «In Brava machen wir *sunna.*»

Hawa/Charlotte: «*Sunna schnipp*?»

Mafalda emphatisch: «Ja! Nicht, was diese eingebildeten richtigen Somali Barbarisches machen – zunähen, weisst du!»

Schon wieder dieses Wort «barbarisch», das ich mit dem gleichen Eifer bekämpfe wie die barbarische Praxis! Nun kommt es aber von einer Afrikanerin, und ich darf nicht predigen. Eines ist klargeworden: Sandra braucht weder Schutz noch Stütze von Mama Charlotte gegen ihre «barbarischen» Landsleute.

Das Gespräch geht auf andere Themen über. Die Frauen lechzen förmlich nach Gedankenaustausch; besonders Stella kann mit niemandem direkt kommunizieren, sie ist sehr isoliert und ganz auf Mutter oder Tochter angewiesen. Nun strahlt sie über das bisschen Zuwendung und meine Sorge um Sandra. Fortan versorgt sie mich täglich mit herrlich duftendem Weissbrot, ihrer Spezialität, und ich bin kugelrund, wie ich aus dem Feld heimkehre.

Im Zentrum sorgt Stella einwandfrei für ihre grosse Familie. Sie kocht und wäscht, und als zärtliche und zärtlich geliebte Mutter verwöhnt sie ihre Kinder, im Gegensatz zu den anderen Somali, auch mit Konsumgütern. Ihre finanzielle Situation ist deshalb ständig prekär. Stella kann überhaupt nicht mit Geld umgehen, weil sie in Brava offenbar völlig aufs Haus beschränkt lebte, der Ehemann über Geld und Aussenbeziehungen verfügte. Zudem ist Stella Analphabetin. Zum Unterricht kommt sie willig, aber ohne sichtbare Lernerfolge, denn sie sitzt wie im Kino, lächelt ihr unvergleichlich strahlendes Lächeln oder ist völlig geistesabwesend.

Erst allmählich wird klar, dass Stella seit dem Tod ihres Mannes, der vor ihren Augen ermordet wurde, psychisch stark angeschlagen ist. Zudem wird sie von ihren zâr-Geistern heimgesucht, welche offensichtlich mitgekommen sind in die Schweiz.[1] Das Zentrum bietet Stella einen gewissen Halt. Seit der Plazierung gerät die Familie aber in immer grössere Schwierigkeiten. So hat man Stella zwar die Flucht in die Schweiz ermöglicht. Sie ist aber zusammen mit ihren Töchtern mehr denn je *Woman at Risk*.[2]

HALB

Maria sagt beim Interview: «Ich glaube, ich bin halb gemacht worden.»

«Meinst du damit *sunna schnipp*?»

«Nein, ich bin infibuliert, aber der Beschneider war sehr alt, ich glaube, er wusste nicht mehr recht, was er macht. Vielleicht wollte er mir auch einen Gefallen tun. Jedenfalls habe ich mich nie speziell beschnitten gefühlt. Ich habe schliesslich sieben Söhne!»

Es gelingt mir nicht, Maria auf anatomische Details festzulegen. Deshalb weiss ich nicht, ob sie mir mitteilen will, dass ihr bei dem Pfuschwerk des Alten glücklicherweise *kintir* (Klitoris) ganz oder teilweise geblieben sei, oder ob sie andeuten möchte, sie sei trotz Verlust der Klitoris, ebenfalls glücklicherweise, in ihrem Lustempfinden nicht beeinträchtigt [Lust S. 92].

Maria ist die geborene Diplomatin und versteht es, heiklen Fragen und Situationen auszuweichen. Sie wuchs als Kind somalischer Migranten in einem Nachbarland auf, besuchte eine christliche Missionsschule, lebte und arbeitete später in Kuwait. Stellvertretend für all die Fluchtgeschichten,

1 Über das Phänomen *zâr* und andere Formen von Geistbesessenheit in Somalia vgl. Lewis (1969) Lewis/Al-Safi/Hurreiz (1991) und Luling (1991). Ich erzählte Stellas Geistergeschichte in einer separaten Arbeit mit dem Titel «Geister in Gersau. *Zâr*-Besessenheit und Migration» (Beck 1995c).

2 Nachtrag: Stella hat seither ein sehr hellhäutiges Mädchen geboren und nennt neben einem Asylbewerber aus Kosovo, im Zentrum zeitweise als Maler in einem Arbeitsprogramm von Balkon zu Balkon unterwegs, auch verschiedene Somali als mögliche Väter.

die ich in dieser Arbeit ausblende, sei hier in Grundzügen Marias Fluchtgeschichte wiedergegeben: Maria floh aus dem von Irak besetzten Kuwait über verschiedene arabische Länder, wo sie nicht erwünscht war, nach Somalia, von dort vor dem inzwischen ausgebrochenen Bürgerkrieg auf dem Seeweg nach Kenia. Mit dabei waren die sieben Söhne, darunter der Säugling Pietro. Der herzkranke Ehemann starb schon ganz am Anfang der Odyssee. So war Maria mit den Wassern verschiedenster Kulturen gewaschen. Eine hohe Intelligenz, ausgezeichnete Englischkenntnisse und besagtes diplomatisches Talent machten Maria im Zentrum zu einer zentralen Figur, die unermüdlich vermittelte und in Hawas Abwesenheit als Übersetzerin beigezogen wurde.[1]

Beim Überdenken von Marias eigenartig ausweichenden Antworten in Sachen *gudniin* drängt sich mir schliesslich die Vermutung auf, dass sich die weltläufige Maria schämt, beschnitten zu sein.

Ein anderer Vorfall scheint diese These zu bestätigen: Maria begleitete als Übersetzerin Grazia zum Gebären ins Spital. Erst von dort aus rief sie den Zentrumsleiter an, um ihn darüber zu unterrichten, dass Grazia infibuliert sei und der Arzt unbedingt informiert werden müsse. Maria sagte mir später, dieser tapfere und sinnvolle Vorstoss habe sie grosse Überwindung gekostet, und sie sei sehr erstaunt, auch erleichtert gewesen, als ihr der Zentrumsleiter gelassen erwiderte, ich sei eine Spezialistin, habe längst mit Grazia und dem Arzt [Gynäkologen, S. 80] gesprochen, und im übrigen sei das gesamte Team über *gudniin* auf dem laufenden.

Auch eine *zâr*-Episode, bei der Stella plötzlich in Trance fiel und von Maria offenbar sehr geschickt und einfühlsam in den Wachzustand zurückgeführt wurde, versuchte Maria zuerst zu vertuschen, dann ironisch herunterzuspielen. Erst als sie merkte, dass ich einige Vorkenntnisse hatte und nicht herablassend, sondern mit brennendem Interesse reagierte, erzählte sie frei, was vorgefallen war. Und sie stellte mir erstaunt die kitzlige Frage, ob ich denn an *zâr*-Geister glaube! Auch die Männer reagierten zuerst abschätzig, als ich sie nach *zâr* fragte, oder leugneten, etwas davon zu wissen. So dass ich endlich begriff, dass gerade gebildete, stark auf Europa ausgerichtete Somali sozusagen sekundäre Tabus bilden, über die sie nicht reden,

1 Die sieben Söhne überliess Maria gern Marthas Fürsorge. Die Chancen für die hochbegabte, mehrsprachige Maria, ihrem Wunsch gemäss bei einer internationalen Organisation Arbeit zu finden, sind besser als die der andern Frauen, aber das Handicap, fremd und allein mit sieben Söhnen zu sein, ist gross. Maria sagt, sie habe sich das Gelobte Land anders vorgestellt.
(Vgl. auch das Handbuch *Frauenflüchtlinge in der Schweiz* 1993:159–178)

weil sie vor EuropäerInnen nicht als abergläubische Hinterwäldler und «Barbaren» dastehen wollen. Sie erzählten mir aber die spannendsten Dinge, sobald ich auch emotional ausdrücken konnte, dass ich Auskünfte suchte, um zu Beispiel *gudniin* besser verstehen zu können, oder weil ich gar bereit war, an *zâr*-Geister zu glauben.

Fast wäre mein Forschungsprojekt an einem solchen Sekundär-Tabu gescheitert. Beim Vorstellungsgespräch wollte ich den Zentrumsleiter von der Nützlichkeit meiner ethnologischen «Geheim-Mission» überzeugen. Er war zuerst etwas erstaunt. Er habe den Aussagen Hawas entnommen, dass Beschneidung in Somalia praktisch verschwunden sei. Mit einiger Beredsamkeit musste ich ihm die traurige Wahrheit darlegen, die offenbar einem Tabu unterliege. Heute weiss ich, dass das Primär-Tabu im Sinne von «Darüber redet man nicht, schon gar nicht vor Männern» für somalische Frauen nur bedingt gilt; meiner Meinung kam bei Hawa das Sekundär-Tabu einer gebildeten Weltbürgerin zum Tragen.

FREIWILLIG

Mein Fragebogen enthält die Rubrik «Entscheidungsträger», d. h. ich fragte, wer die Beschneidung der Informantin veranlasst, Zeitpunkt und OperateurIn [Ausführende, S. 79] gewählt habe. In allen Fällen war es die leibliche oder klassifikatorische Mutter, manchmal zusammen mit der Grossmutter, die den Eingriff veranlasst hatte. Ausser in zwei Fällen [Unbeschnitten I, S. 58, Unfreiwillig, S. 75] scheinen keine Wahlmöglichkeiten hinsichtlich der Art des Eingriffs bestanden zu haben: Was gemacht werden sollte, war diskussionslos *gudniin*, Infibulation.

Nach Vorwissen und Gefühlen befragt, sagten die Frauen, sie hätten eigentlich keine Angst gehabt, weil sie zwar wussten, dass etwas gemacht werden müsse, aber keine genaue Vorstellung hatten, was denn eigentlich auf sie zukomme. Die älteren, bereits «gemachten» Mädchen spielen sich offenbar auf und ergehen sich in dunklen Andeutungen, geben aber ihr InsiderInnen-Wissen im allgemeinen nicht im schrecklichen Detail preis.

Daher ist es begreiflich, dass mir die Frauen sagten, sie hätten den Eingriff *gewollt*, wobei einige sofort anfügten: «Wenn ich vorher gewusst hätte, wie es dann war, wäre ich vielleicht weggelaufen/hätte ich mich gewehrt/wäre ich nicht so sorglos und munter auf den ‹grossen› Tag zugegangen.»

Sehr plastisch schilderte vor allem Martha, wie sie ihre Mutter heftig bestürmt habe, «es» endlich zu machen.

Zuerst war ich unfähig, die Vorstellung zu akzeptieren, dass die «Lämmer freiwillig zur Schlachtbank gehen», und musste mir immer wieder den Druck vergegenwärtigen, der von Kameradinnen und Verwandten ausgehen kann. Wie kämpfte ich doch als Kind jedes Frühjahr erbittert darum, wie andere Mädchen in der Klasse Kniesocken tragen zu dürfen! Wie fragte die eine Grossmutter mich (und indirekt meine Mutter) immer nach der ungeliebten Sonntagsschule! Wie sehnte ich die erste Menstruation herbei, um wie bereits die meisten andern Mädchen beim Turnunterricht blass und wissend in der Ecke sitzen zu dürfen – nur um dann gelegentlich zu wünschen, ich hätte sie noch nicht und müsste sie nie bekommen! Natürlich betreffen diese persönlichen, auch längst überholten Mädchenzwänge ungleich harmlosere Dinge als Infibulation; sie vergegenwärtigen mir aber die Intensität unvernünftigen Wünschens so weit, dass ich mich in eine etwa achtjährige, um Beschneidung bettelnde somalische Martha etwas besser einfühlen kann.

Übrigens scheint es für somalische Mädchenkinder keine materiellen Anreize zu geben, den grossen Tag herbeizusehnen. Er gibt zu keinen Festlichkeiten Anlass, sondern geht eher diskret über die Bühne, wie Roberto, auch die Beschneidung der Knaben.

Es kann auch nicht die Rede davon sein, es handle sich im somalischen Kontext um eine Initiation: Die Mädchen werden meist einzeln, manchmal zusammen mit einer Schwester oder Cousine beschnitten, es gibt keine Vorbereitungs- und Absonderungsphase, es wird kein geheimes Wissen vermittelt etc.

Der Aspekt «Übergang mit Statusgewinn» ist allerdings klar gegeben: Ein somalisches Mädchen wird nicht durch Menarche oder Heirat oder Geburt des ersten Kindes zur Frau, sondern durch (vorpubertäre) Beschneidung; sie schaut als *gabar guban* (geschlossenes Mädchen, Jungfrau) fortan auf «offene» Mädchen herab und neckt sie, bis diese sich selber um ihre Verstümmelung bemühen.

UNFREIWILLIG

Dass sich die Mädchen selber nicht wehren können oder wollen, ist einsichtig. Es gelingt aber auch liberalen Eltern nicht unbedingt, ihre Töchter zu schützen. Als ich im Zentrum eine neue Somali-Gruppe über die rechtliche Situation in der Schweiz in bezug auf *gudniin* aufklären sollte [Kamelfleisch, S. 90], erzählte einer der Männer, er habe seiner Frau ausdrücklich verboten, die gemeinsame Tochter infibulieren zu lassen. Trotzdem habe er eines Abends beim Heimkommen sein Kind frisch operiert und wimmernd antreffen müssen.

«Wie hast du reagiert?»

«Was sollte ich machen? Natürlich habe ich herumgebrüllt, aber das Unglück war geschehen. Meine Frau ist nicht sehr gebildet. Aber sollte ich mich von ihr scheiden lassen? Wenn sie glaubt, sie tut nur das Beste für unser Kind?»

Einen Moment lang fragte ich mich, ob Remo vielleicht nur seine überlegene Bildung und Einsicht zur Schau stellen wolle. Sein Gesichtsausdruck überzeugte mich aber davon, dass er traurig und resigniert war und es in Kauf nahm, vor den andern Männern (die aber auffällig still blieben) als einer dazustehen, der nicht Herr ist im eigenen Haus.

Auch Melissa, Tochter eines Ärzte-Ehepaares, sollte nicht infibuliert werden, sondern mit *sunna* davonkommen. Das durfte aber die traditionsbewusste Grossmutter nicht wissen. Ihr sagte man, der Eingriff werde im Krankenhaus vorgenommen, wohin sie nicht mitgehen konnte. Nachdem die Klitorisspitze unter Lokalanästhesie gefallen war, entstieg Melissa vor dem Haus der Grossmutter relativ munter dem elterlichen Auto. Man hatte vergessen, ihr *pro forma* die Beine zusammenzubinden, so dass Melissa nicht humpelte, sondern auf die Oma zulief. Diese merkte sofort, dass man sie hatte täuschen wollen.

«Am nächsten Tag schon nahm sie mich und ging mit mir über den Fluss in den alten Stadtteil zu einer traditionellen Beschneiderin, die in einer finsteren Hütte wohnte und mich nun richtig machte. Es war furchtbar. Ich wehrte mich wie verrückt, aber sie hielten mich fest. Natürlich keine Anästhesie, keine Antibiotika. Bloss *mal-mal* [S. 78]. Es gab eine schlimme Infektion. Schliesslich hatte ich ja doch schon eine Wunde vom ersten Mal. Ich habe dann während drei Monaten über einem Loch gehockt, in dem die Grossmutter ständig eine Glut unterhielt. Der Rauch sollte die Wunde austrocknen oder was. Sie ist dann einigermassen verheilt, aber ich habe später die ganze Zeit Probleme gehabt. Schon in Mogadishu hat man mich bald ein bisschen öffnen müssen, weil es nach drei Monaten Räuchern ganz zugewachsen war. In Deutschland hat dann noch ein Gynäkologe daran herumgemacht mit plastischer Chirurgie. Versprach mir das Blaue vom Himmel, aber es gab bloss die grösste Sauerei. Ich bin so kaputt da unten, dass ich nie Kinder haben will.»

Wie ein Sturzbach bricht diese und in der Folge die ganze Lebens- und Migrationsgeschichte aus Melissa heraus. Sie redet Italienisch und laut. Ich denke, dass jemand zuhören könnte, und die Situation ist mir äusserst peinlich. Wir sitzen nämlich in einem Restaurant bei einem schönen Essen, das mir im Hals steckenbleibt. Anna hat mich mit Melissa zusammengebracht; sie könne mir Interessantes erzählen. Wie Hawa findet Anna, ich ginge manchmal zu zimperlich vor. Melissa lässt sich nicht lange bitten, und nun wünsche ich wie schon so oft, ich hätte mich in all den Studienjahren mit dem Weben, Schneiden und Nähen indonesischer Prachtstoffe befasst statt mit dem Zurechtschneiden und -nähen von Frauen.

Wir müssen zum Zug. Neue Peinlichkeit, weil Melissa (sie arbeitet als Kassiererin in einem Supermarkt) mir zuvorkommt und mit somalischer Grandezza für alle bezahlt. Am Bahnhof redet Melissa kurz mit einem unappetitlichen, ziemlich betrunkenen Schweizer.

Anna erklärt: «Melissas Ex-Mann. Ihre Eltern hatten noch ein Konto in der Schweiz. Er hat wie die anderen zwanzigtausend Franken dafür verlangt.»

Nämlich für den mit seiner Person verbundenen Schweizer Pass. Die anderen? Andere Schweizer, die für Geld Somalierinnen heiraten.

Am Nachmittag hatten wir in einer zwielichtigen Bar, wo ich mich vor Unbehagen so ungeschickt bewegte, dass man mich alsbald fragte, ob ich von der Sittenpolizei sei, nach einer andern Bekannten von Anna gefragt, sie aber nicht angetroffen. Am Abend bin ich froh darüber. Muss ich wirklich wissen, was eine somalische Schweizerin, die in der Not als Prostituierte arbeitet, zu erzählen hat?

SHARMUUTO II

Ursprünglich wusste es auch Anna nicht. Sie habe eines Tages zufällig eine etwa gleichaltrige junge Frau wieder getroffen, die sie in Mogadishu gekannt hatte – Gymnasium, beste Familie, eine Schönheit. Riesenfreude auf beiden Seiten. Sie gehen in ein feines Lokal, treffen andere Somalierinnen. Nachdem die Wegstationen der Flucht in die Schweiz erzählt sind, fragt Anna ihre Bekannte, ob sie Arbeit gefunden habe.

«Na ja.» Die andern Frauen kichern.

«Verdienst du gut?»

«Na ja, recht gut.» Die andern Frauen grinsen.

«Wieviel verdienst du denn?»

«Na ja, mindestens zehntausend schon.» Gelächter, Rippenstösse.

Noch immer sieht Anna, die in ihrer Spitalkantine wenig mehr als nur gerade Kost und Logis verdient, nicht, was daran so witzig ist, und fragt: «Wie schaffst du denn das?»

Im nun losbrechenden Heiterkeitssturm begreift Anna das für sie Unvorstellbare, Unfassbare: muslimische Somalierinnen, verwöhnte Töchter aus gutem Hause, als Prostituierte in der Schweiz! Mit gekauften Schweizer Ehemännern, Tarif: Zwanzigtausend! Anna sagt, in diesem Moment habe sie sich so geschämt, dass sie am liebsten gestorben wäre. Sich doppelt geschämt – für ihre Landsfrauen und über ihre eigene Naivität.

Trotzdem hat sie die Frauen wieder getroffen und, die geborene Ethnologin, ausgefragt, dann die Daten an mich weitergegeben. Eigentlich fand Anna, ich müsse mich unbedingt selber ins Milieu wagen. Das habe ich nicht über mich gebracht, obwohl ich zum Beispiel gerne erfahren würde, ob meine Landsmänner überhaupt wahrnehmen, dass ihre käuflichen Gespielinnen verstümmelt sind. Ich glaube kaum. Oder sie finden es aufregend.

Ich scheine die Wahrheit in dieser Sache nicht wirklich wissen zu wollen. Und schäme mich ebenfalls doppelt – für meine Landmänner und über mein Wegschauen, meine Zimperlichkeit.

MAL-MAL UND ANDERE HAUSMITTEL

Nach diesem Blick in den Keller des eigenen Hauses kommen mir *mal-mal* und andere Hausmittel zur Wundversorgung, die mir zuerst Gänsehaut verursachten, geradezu harmlos und tröstlich vor.

Frauen, die wie Grazia von Ärzten im Krankenhaus oder in der Privatpraxis operiert wurden, sagen, dass sie eine Spritze (Lokalanästhesie, niemand erhielt eine Vollnarkose) bekamen und im Moment gar nichts spürten. Anschliessend erhielten sie auch Antibiotika. Beides wird offenbar auch von modernen SpezialistInnen, meist ausgebildeten Hebammen, Krankenschwestern oder Pflegern, die sich mit Beschneidungen ein Zubrot verdienen, eingesetzt, wenn sie zur Operation ins Haus kommen. Sie verwenden im allgemeinen Chirurgenfaden zum Vernähen der Schamlippen.

Sind traditionelle BeschneiderInnen am Werk, gibt es weder Anästhesie noch Antibiotika. Schmerzen und Risiko sind entsprechend grösser. Im Busch werden die grossen Schamlippen nicht vernäht, sondern mit den Dornen einer Akazienart zusammengeheftet. Diese Dornen geben dem Vernehmen nach Stoffe ab, die eine schmerzstillende und antiseptische Wirkung haben. Die postoperative Wundversorgung besteht in den meisten Fällen in – Mutter oder Schwester obliegenden – Spülungen mit warmem Wasser.

«Salzwasser!» sagte Bella mit suggestivem Augenrollen, denn Salzwasser brennt natürlich sehr schmerzhaft, wirkt aber auch leicht desinfizierend.

Zwei Frauen berichteten, man habe die frischvernähte Wunde mit *mal-mal* bestrichen. Nach van der Kwaak (1992:779) setzt sich das Mittel aus Harz, Eigelb und Zucker zusammen. Nach Lisa [Nadel und Faden, S. 104] besteht *mal-mal* aus mit Herdasche vermischtem Harz. Vom Harz verspreche man sich, dass die Narbe nicht aufbreche. Über eine Heilwirkung von Asche (desinfizierend?) wusste sie nichts, merkte nur kritisch an, dass von der Asche die Narbe manchmal schwarz werde und grosse Knoten bilde. Vielleicht ist *mal-mal* aber unschuldig an den unter Umständen sehr grossen Keloiden, die in der Literatur als gängige, relativ harmlose, aber unästhetische Komplikation beschrieben werden und mit einer generellen Neigung von schwarzer Haut zu starker Narbenbildung zusammenhängen sollen.

Möglicherweise verkörpert das Ingrediens Asche Feuer in Pulverform und gehört somit zum Vorstellungskreis der somalischen Volksmedizin, die dem Feuer Heilwirkung zuschreibt. Nach van der Kwaak (1992) werden nämlich verschiedenste Leiden durch Brennen (mit glühenden Holzstücken oder Nägeln) behandelt, so auch Unfruchtbarkeit durch Brennen der Vagina, woran ich in meiner mitteleuropäischen Wehleidigkeit zuerst nicht glauben mag. Aber Hawa und Roberto bestätigen die Praxis und scheinen nichts dabei zu finden.

Auch dem Rauch, der aus einem mit bestimmten Essenzen bestreuten Kohlenfeuer aufsteigt, wird Heilkraft zugeschrieben. Wie erwähnt, wurde Melissa nach der Infibulation während drei Wochen geräuchert und nach Rosa und Pia sollten auch somalische Wöchnerinnen fleissig geräuchert werden (wie ihre Schwestern an manchen Orten in Indonesien und Madagaskar). Einen weiteren Beitrag zu einer «Kulturgeschichte des Räucherns» – meines Wissens noch ungeschrieben – leiste ich im Abschnitt «Rauch» [S. 93], der nicht die medizinische, sondern die erotische Wirkkraft der Räucher-Praxis beschreibt.

AUSFÜHRENDE

Ob zu den Ärzten, die, wie bereits erwähnt, in Somalia *gudniin* ausführen, auch Europäer gehören, etwa Italiener, die in der ehemaligen Kolonie arbeiten, konnte ich nicht klären. Überrascht war ich von der Feststellung, dass unter den medizinischen Hilfspersonen, die nebenbei als Ausführende von *gudniin* auf die Stör gehen, auch Männer sind. Ich glaubte das Geschäft fest in Frauenhand. Vielleicht ist das eine neuere, städtische Entwicklung. Auf dem Land scheinen ausschliesslich die *ummuliso* (traditionelle Geburtshelferinnen) zu praktizieren. Diese gehören nach Hicks (1993) zu den *midgaan*, einer der Sklaven- bzw. Klientenkasten, deren Mitglieder sammeln, fischen und jagen, Schmiede- und Lederarbeiten ausführen, Haarschnitte und eben Beschneidungen vornehmen, alles verächtliche Aktivitäten für ihre Herren, die kamelzüchtenden Nomaden, die den aristokratischen Somali-Clans angehören. Selber seien die *midgaan* vermutlich nicht beschnitten. Man nimmt an, dass eine vorsomalische Urbevölkerung von Wildbeutern in diese Kasten (Sammelbegriff *sab* und *bon*) eingegangen sei.

Laut Roberto hat jeder Clan seine *midgaan*. Er stellt diese aber nicht als Kaste dar, sondern als Klasse sozial abgestiegener, rein somalischer Clan-Mitglieder, die gezwungenermassen jagen und fischen, weil sie ihre Herden verloren haben. Das Beschneidungshandwerk werde nicht allein von *midgaan*-Frauen, die laut seiner Aussage ebenfalls infibuliert sind, ausgeübt. Und von vorsomalischen Rumpfgruppen am Horn von Afrika will er nichts wissen.

Ich erwähne die *midgaan*, weil in Westafrika durchwegs die Schmiede-Kaste für Beschneidungen zuständig ist. Und weil die *midgaan* in den Thesen von Grassivaro Gallo/Viviani (1988, 1992, 1993) eine widersprüchliche, in meinen Augen eher mythische Rolle spielen [Rauch, S. 93].

GYNÄKOLOGEN

Die Untersuchung von Nyfeler/Béguin (1994) bestätigt die Vermutung, dass viele Schweizer Gynäkologen über das Phänomen Frauenbeschneidung nicht oder nur vage informiert sind. Dies war mir aus den *antagem*-Sitzungen bekannt, als ich ins Feld ging, und es war mein Vorsatz, den Ärzten meiner Somali-Frauen die nötigen Informationen zu liefern, damit sie auf die spezifischen Probleme infibulierter Frauen adäquat eingehen könnten.

Als sich beim Hausarzt herausstellte, dass zwei Frauen schwanger waren, bekam ich den Auftrag, sie vor dem Termin beim Frauenarzt zu befragen und dann zu begleiten. So kam ich unter Zeitdruck, unvorbereitet und unverhofft zu meinen allerersten Interviews. Hawa übersetzte und half, das Eis zu brechen.

Grazia und Vera waren beide als *Women at Risk* in das Kontingent gekommen. Grazias Mann galt als verschollen, Vera wurde für ledig gehalten. Wie kam es, dass sie schwanger waren? Vergewaltigung [S. 17]? Ich hätte mir für den Anfang eine weniger heikle Ausgangslage gewünscht.

Schliesslich beschloss ich, die Frage nach den Vätern gar nicht zu stellen. Die Frauen würden zu gegebener Zeit selber darauf zu sprechen kommen.[1]

Beide Frauen freuten sich über ihre Schwangerschaft, was darauf hinwies, dass es keinen düsteren Hintergrund gab, und so konnte ich meine Vorabklärungen zuhanden des Gynäkologen leichteren Herzens durchführen. Die beiden verstanden sofort, worum es ging, und antworteten bereitwillig. Am Ende wusste ich, dass beide einen Kaiserschnitt in Kauf nehmen würden. Grazia, die bei einem Frauenarzt in Mogadishu gearbeitet hatte, war im Gegensatz zu Vera bereit, die Infibulationsnarbe unter Umständen schon vor der Geburt operativ etwas weiter öffnen und nach der Geburt nicht wieder zurücknähen zu lassen (vgl. Anhang 2, Abschnitt c).

Mit diesem Wissen und einer ersten Fassung der *antagem*-Broschüre bewaffnet, gingen Hawa, Grazia und ich gemeinsam ins Sprechzimmer des Frauenarztes, der ausgewählt worden war, weil er als fähig und nett galt. Als erstes reagierte er unwillig auf die vielen Leute. Ich stellte mich vor, erklärte ihm so kurz wie möglich den Grund meiner Anwesenheit und gab ihm die Broschüre. Wortlos setzte er sich an sein Pult und las. Und las.

Dann sagte er barsch: «Die Patientin soll sich freimachen.»

Ich war entlassen. Der Arzt hatte mich nicht angeschaut, mich nichts gefragt, kein einziges Wort zu mir gesagt. Als Grazia herauskam, hatte sie sichtlich Schmerzen. Hawa war empört, wie der Arzt Grazia, deren Scheidenöffnung immer noch ziemlich eng sei, untersucht habe, und fügte hinzu: «Und wie frech er war zu dir!»

Vielleicht hatte ich den Arzt beleidigt allein durch die Annahme, er könnte der Information bedürfen. Ich hatte allerdings ausdrücklich gesagt, dass er das alles ja vielleicht längst wisse. Ich erfuhr nicht, was er wusste und nicht wusste, konnte auch nicht anbringen, was ich mit Grazia über das Vorgehen bei der Geburt besprochen hatte. Ich hatte den deutlichen Eindruck, dass der Arzt fand, er wisse schon, was er zu tun habe, und es werde zu viel fürsorglicher Aufwand getrieben. Dieser Eindruck wurde später bestätigt durch entsprechende Bemerkungen in seinen Berichten an den Hausarzt [Unfruchtbar, S. 83].

Ich fürchtete nun, meine Intervention habe Grazia mehr Schaden als

1 Sie wurden bei der Befragung durch das BFF zum Sprechen gebracht. Grazias Mann war kurz vor der Abreise wiederaufgetaucht und lebte nun in Äthiopien. Vera hatte nach der Befragung durch Vertreter des UNHCR in Kenia im Lager geheiratet. Rätselhaft blieb in der Folge, weshalb in den Augen der Flüchtlingsgruppe Grazia ein Kind, Vera einen «Bastard» erwartete, d. h. Grazias Legimitation ihrer Schwangerschaft akzeptiert, Veras jedoch nicht akzeptiert wurde.

Nutzen gebracht, und war in Sorge. Bei der Geburt liess der Arzt aber überraschend zu, dass Maria als Übersetzerin und Pia als Begleiterin mit in den Gebärsaal gingen. Als ihm gesagt wurde, Pia sei Hebamme, liess er sie die Wehen überwachen, beriet sich mit ihr, wie sie schneiden würde, und schnitt dann nach ihren Anweisungen tatsächlich beidseitig lateral. Die Geburt verlief ohne Komplikationen.

GEWALT

Danach fand die zuständige Kollegin für die anderen Frauen eine Ärztin, der sie vor den ersten Konsultationen die *antagem*-Broschüre schickte. Ich konnte nicht mitgehen und war nachträglich froh darüber, da sich die Ärztin laut Hawa in ihrem Umgang mit den Frauen kaum von dem Arzt unterschieden habe. Erst die nächste Flüchtlingsgruppe kam in den Genuss einfühlender gynäkologischer Betreuung.

Elsa ging immer im Umhang der Strenggläubigen und war so still und scheu, dass sie in der farbigen, wort- und lachfreudigen Schar der andern Frauen völlig unterging. Sie kam nie in die Sprechstunde, war in keine Zweikämpfe verwickelt, sprach kein Englisch.

Sie war als *Woman at Risk* ganz allein gekommen. Ihre Akte vermerkte: Vergewaltigt. Ich muss gestehen, dass ich die Befragung deshalb vor mir herschob, Elsa über längere Zeit auch einfach vergass. Profil bekam sie für mich erst, als sie die für kinderlose Frauen freiwillige Mitarbeit im Kindergarten klar ablehnte. Sie meinte treuherzig, dass Kindergeschrei Kopfweh mache. Ich konnte ihr nur beipflichten und wurde nun endlich aufmerksam auf sie. Beim Gespräch bestätigte sie, dass sie auf der Flucht vergewaltigt worden sei, erzählte aber von sich aus keine näheren Umstände, weshalb ich sie lediglich fragte, ob sie dabei genital verletzt worden sei.

«Nein», sagte sie, «aber es war trotzdem furchtbar.»

Was ich ihr vorbehaltlos glaubte, gerade weil sie auf alle rhetorische Dramatik verzichtete. Gesundheitsfrau Helene Stein war mit mir einig, dass Elsa trotzdem gynäkologisch untersucht werden sollte.

Laut Hawa soll sich die Ärztin, die keine offensichtlichen Spuren von Gewalt fand, dahingehend geäussert haben, Elsa habe vielleicht ein wenig geflunkert, um in die Schweiz zu kommen. Ich fand, damit sei Elsa ein zweites Mal Gewalt angetan worden. Und die Frau Doktor wurde stillschweigend aus der Liste der Zentrumsärzte gestrichen, was ihr wahrscheinlich recht war.

UNFRUCHTBAR

Carla ist eine Schmerzensfrau mit ungesunder Hautfarbe, unfrohem Gesichtsausdruck und kommt häufig mit allerlei Gebrechen in die Sprechstunde. Sie erkämpft mit Zähigkeit, dass sie zur gynäkologischen Abklärung geschickt wird. Seit einem Spontanabort vor mehreren Jahren menstruiert sie nicht mehr und wurde wegen Unfruchtbarkeit geschieden. Begreiflicherweise möchte sie jetzt ihre Fruchtbarkeit und damit ihre Heiratschancen wiederherstellen. Wir vermuten, dass ihr Zustand durch *gudniin* zumindest mitverursacht sein könnte.

Die Frauenärztin findet keine organische Ursache und verordnet, um den Zyklus wieder in Gang zu bringen, eine (erfolglose) Hormontherapie; sie tut das eher widerwillig, weil das Problem für die alleinstehende Carla ja gar nicht akut sei. Und Flüchtlingsfrauen sowieso keine Kinder zu haben brauchen?

Carla selbst glaubt nicht, dass *gudniin* verantwortlich ist für ihr Problem, erinnert sich beim Interview mit mir an keine Schwierigkeiten nach der Operation, an keine Menstruationsprobleme, keine Infektionen, bezeichnet *gudniin* aber als Amputation und sagt, sie wolle für ihre Tochter höchstens die eine oder andere *sunna*. *Wenn* sie je eine Tochter hätte! Für Carla ist das Problem nämlich sichtlich akut, beherrscht ihr ganzes Denken und macht sie zu einer unglücklichen und entsprechend schwierigen Frau.

Martha wurde ebenfalls wegen Unfruchtbarkeit geschieden. Sie bezieht ihre Kinderlosigkeit explizit auf *gudniin* und äussert bittere Reue bei der Erinnerung, dass sie sich in kindlicher Ahnungslosigkeit aktiv darum bemüht hat. Sie sagt mit Tränen in den Augen emphatisch: «Nichts!», als ich sie frage, was sie mit einer Tochter machen würde. Martha leidet häufig unter diffusen Bauchschmerzen, was auf eine Infektion, evtl. eine Eileiterentzündung hinweist. Der Gynäkologe schreibt in seinem Bericht an den Hausarzt zum Fall Martha, dass er keine Untersuchung der Eileiter vorgenommen habe, weil er finde, dass «den Asylanten» nicht gleich zu Beginn Spitzenmedizin (Mikrochirurgie) anzubieten sei. Die hohen Kosten würden sowieso von niemandem bezahlt. Er hätte wissen müssen, dass die Flüchtlinge versichert sind; die Praxishilfe hatte als erstes nach der Krankenkasse gefragt.

Meine eingangs geäusserte Sorge um adäquate medizinische Versorgung infibulierter Frauen ist also nicht aus der Luft gegriffen. Ich hatte allerdings an fachliche Probleme gedacht, nicht an die traditionell schweizerische Fremdenfeindlichkeit.

SCHNEIDEN UND NÄHEN

Auch in diesem Kapitel geht es um die adäquate medizinische Versorgung infibulierter Frauen. Nicht das «Schneiden und Nähen» an kleinen Mädchen und der Vorgang *gudniin* stehen im Zentrum, sondern die Folgen: die chirurgischen Massnahmen rund um die Geburt.

Als ich begann, somalische Gewährsfrauen zu befragen, wusste ich schon, dass geschnitten werden *muss*, wenn infibulierte Frauen gebären, da das unelastische Gewebe der Infibulationsnarbe den Austritt des Kindes verzögert, wenn nicht überhaupt verhindert, was für Mutter und Kind ein beträchtliches Risiko darstellt. Ich dachte aber, man schneide einfach die Narbe auf und bringe allenfalls noch einen Dammschnitt an wie in Europa.

Die Hebamme Pia belehrte mich eines Besseren: «Wir schneiden zuerst seitlich [lateral] links oder rechts oder beidseitig. Nach unten [Dammschnitt, posteriore Episiotomie] schneiden wir ungern, weil die Gefahr besteht, den After zu verletzen. Nach oben [anteriore Episiotomie] schneiden wir auch selten. Es gibt da eine Ader, wo die Klitoris war, die dann stark blutet.»

Sie hatte sich mein ethnologisches Handwerkszeug, Schreibblock und Bleistift, geschnappt und illustrierte in präzisen Strichen ihre Ausführungen. Später einmal betrachtete sie andächtig die Abbildungen in dem schönen und nützlichen Buch *Frauenkörper – neu gesehen* (1992) und zeichnete für mich mit feinem Finger noch einmal nach, wie geschnitten werden müsse.

Lightfoot-Klein (1989) hatte mich mit einem Aspekt der Infibulations-Praxis im Sudan bekannt gemacht, der mir unsinniger und schrecklicher vorkam als alle anderen: Reinfibulation. Dabei lassen sich Frauen nach einer Geburt wieder auf jungfräuliche Hirsekorngrösse zunähen und müssen vom Ehemann erneut geöffnet werden, was dieser, glauben die Frauen, zu schätzen wisse [Schön eng, S. 86]. Lightfoot-Klein hält Reinfibulation für eine neuere Massnahme, die immer häufiger praktiziert bzw. von den Frauen ausdrücklich verlangt werde.

Ich fragte Pia danach. Sie sagte: «Wir nähen die Episiotomien ganz zu. Wie Ihr. Wenn wir an der Narbe schneiden mussten, nähen wir bloss so viel zu, wie wir geschnitten haben. Die Frauen sind dann wieder wie vorher, eben wie verheiratete Frauen ein bisschen offen, weisst du, gerade für den Mann. Das andere machen sie im Sudan. Blödsinn.»

An der Reinfibulations-Frage scheiden sich in der Fachwelt die Geister. Totale (Sudan) und partielle (Somalia) Reinfibulation werden in einen Topf geworfen. Toubia (1994) bezeichnet (im renommierten *New England Jour-*

nal of Medicine) beide Formen als erneute Verstümmelung und plädiert für eine entsprechende Gesetzgebung.

Efua Dorkenoo, die temperamentvolle Initiantin und Leiterin der Londoner Abschaffungsorganisation FORWARD (Gugger 1994), äusserte sich in einem Gespräch (30. 10. 92) noch viel ablehnender zu partieller Reinfibulation als in dem Zitat aus Hedley/Dorkenoo (1992:27):

> Ärzte und Hebammen sollten Wunden, die während der Geburt entstehen, nur dann wiederherstellen *(repair)*, wenn dies die Heilung befördert. Verlangen Frauen oder Männer weitergehende Massnahmen *(restrictions)*, bedeutete dies eine Verstümmelung.» (Ü. d. A.)

Der erste Satz ist unklar. Falls die Infibulationsnarbe aufgeschnitten wurde, befördern, meine ich, sowohl partielle Reinfibulation wie beidseitiges Vernähen der Wundränder zu einer Art Schamlippen (wie es Toubia empfiehlt), die Heilung. Mündlich plädierte Dorkenoo klar dafür, dass die Frauen nach der Geburt «offen» bleiben sollten. Ich finde, dieses «Offensein» sei kein Wert an sich für Frauen ohne Klitoris, ohne kleine Schamlippen und mit blossen Resten der grossen, die den Urethra-Ausgang kaum mehr bedecken.

Dorkenoo befürwortet auch eine vorsorgliche Defibulation während der Schwangerschaft. Es könne vorsichtiger geschnitten werden als während eines unter Umständen dramatischen Geburtsgeschehens, das Geburtshelfer dazu verleite, infibulierte Frauen kurzerhand per Kaiserschnitt zu entbinden. Obendrein könnten und müssten sich die Frauen daran gewöhnen, «offen» zu sein.

Müssen sie? Ich persönlich empfinde es als neue Gewaltanwendung, einer genital verstümmelten Frau vorschreiben zu wollen, ein Körpergefühl zu verändern, das ihr zwar aufgezwungen wurde, aber inzwischen vertraut geworden ist und ihre Form der körperlichen Integrität darstellt, so dass die Frau die Vorstellung einer offenen Vulva wie Bella als ekelerregend empfindet [Reinheit der Frau, S. 54].

Vera lehnte die Defibulation während der Schwangerschaft ab: «Ich will nicht noch einen Schmerz! Bei der Geburt tut es ohnehin weh, und ich merke dann nicht, wenn sie schneiden!»

Auch Pia war gegen die Massnahme, mit dem pseudowissenschaftlichen Argument, dass die Infibulationsnarbe während der Schwangerschaft den Uterus stütze und damit einen Abort verhindere. Hier überzeugte mich für einmal Pias Aussage nicht.

Dagegen erinnerte ich mich [Polygynie, S. 61] an ihren Satz in anderem Zusammenhang: «Nach mehreren Geburten nähen wir nicht mehr richtig zu. Es geht auch nicht mehr so gut.»

Sie sagte es leise und nachdenklich. Wieder einmal durchfuhr mich körperlicher Schmerz, als ich mir den Zustand einer gleichaltrigen somalischen Frau, die viele Söhne geboren hat, vergegenwärtigte.

SCHÖN ENG

Im Zusammenhang mit der Debatte um Reinfibulation muss die Frage gestellt werden, ob es Männer wirklich sexuell aufregend finden, wenn sie ihre infibulierten Bräute «öffnen» können, ihre Ehefrauen «schön eng» sind und nach einer Geburt «schön eng» (Somalia, partielle Reinfibulation) oder gar «ganz eng» (Sudan, totale Reinfibulation) ins Ehebett zurückkehren.

Manche Sudanesinnen sind sich nach Gruenbaum ihrer Sache sicher:

> «Mehrere ältere Frauen hielten pharaonische Beschneidung noch immer für den Schlüssel zum Eheglück, indem sie die Infibulation dazu benutzten, ihren Mann sexuell hinzuhalten und damit beide Partner zu erregen. Eine andere Frau, mit der ich sprach, behauptete sogar, dass mein Mann mich verstossen würde, wenn er je die Gelegenheit hätte, Sex mit einer Sudanesin zu erleben.» (1991:642, Ü. d. A.)

Verrät der zweite Satz der Kollegin Gruenbaum eine leise Empörung? Untergräbt er den (unausgesprochenen) Glaubenssatz, wir seien einer «armen» Beschnittenen sexuell weit überlegen? Es ist immerhin denkbar, dass auch weisse Männer «schön enge» Frauen schätzen...

Über somalische Männer schreibt der somalische Arzt Dirie:

> «Gewöhnlich glauben Männer, es sei lustvoller, in eine infibulierte Frau mit einer engen Scheidenöffnung einzudringen, und je enger die Öffnung, desto besser.» (1985:90, Ü. d. A.)

Im Gegensatz dazu stehen die Ergebnisse einer Studie von Shandall (zit. in Rushwan u. a. 1983), der 300 sudanesische Männer befragte, die mit infibulierten *und* nichtinfibulierten Frauen verheiratet waren. Eine Mehrheit bezeugte, es sei sexuell erfreulicher mit den unbeschnittenen Frauen, weil diese lustvoller reagierten und aktiv Wünsche anmeldeten. Rushwan u. a. relativieren aber das Ergebnis:

> «Diese Gruppe kann nicht als repräsentativ für sudanesische Männer angesehen werden. Es ist wahrscheinlich, dass die Auskunftspersonen einen relativ hohen sozioökonomischen Status hatten.» (1983: 101, Ü. d. A.)

Das kann man schliessen, weil die Informanten mit mehreren Frauen verheiratet waren und einen Fragebogen schriftlich beantworteten.

Es mag auch sein, dass bei Befragung durch einen weissen Arzt die Antworten betont weltläufig und sexerfahren ausfallen. Zudem ist anzunehmen, dass viele Männer im Sudan und in Somalia gar keine sexuellen Erfahrungen mit nichtinfibulierten Frauen haben. So dass Nicolas auf Frauen gemünzter Spruch «Was sie nicht kennen, können sie nicht vermissen» [Lust, S. 92] auch auf Männer zutrifft.

Ferner ist anzumerken, dass nach Lightfoot-Klein (1989) ehrbare sudanesische Frauen keinerlei Lustempfinden verraten dürfen. Das gilt auch für somalische Frauen, wie Rosas Aussage belegt [Lust, S. 92]. So gesehen wären die Männer vielleicht weniger erfreut als schockiert, wenn ihre Ehefrauen plötzlich «lustvoll reagierten und aktiv Wünsche anmeldeten.»

An sich ist es irrelevant, ob eine Mehrheit somalischer oder sudanesischer Männer «schön enge» Frauen vorzieht. Es genügt, dass daran geglaubt wird und dass sich Frauen aus Angst vor Scheidung [Polygynie, S. 61] wenigstens teilweise reinfibulieren lassen wollen, um buchstäblich genau auf ihren Ehemann zugeschnitten zu sein, und dass sie ständig um ihre «Tauglichkeit/Passform (*fitness*) besorgt sind, speziell in Hinsicht auf ihre Genitalien» (Dirie 1985:90, Ü.d.A.)

Dass zusätzlich auch uns bekannte Konzepte wie «schön straff», «schön schlank», «schön jung» somalische Frauen zur ehelichen Tauglichkeit ermahnen, ist wahrscheinlich.[1]

Boddy (1982) untersucht (für den nördlichen Sudan) in einer bestechend eleganten Studie symbolische Entsprechungen zwischen dem positiv besetzten, weiblichen Innenräumen Oase/Haus/Uterus[2], die durch Bäume/Schwelle/Infibulation geschützt werden vor einer tendenziell feindlichen, von Männern, Fremden und Dschinnen (Geistern) bevölkerten, wüstenhaften Aussenwelt. Alle weiblichen Körperöffnungen sollen klein und eng sein (oder gemacht werden), um ihre Schwellenfunktion zu erfüllen.

Van der Kwaak formuliert gegenüber Boddy Vorbehalte, die ich teile:

> «Viele Wissenschaftler geben der Infibulations-Praxis eine stark symbolische Bedeutung. Dagegen wende ich nichts ein, da mir bewusst ist, dass Symbole ein wirkungsvolles Mittel zur Aufrechterhaltung traditioneller Praktiken sind. Aber ich glaube, dass symbolische Analysen, obwohl sie wichtig sind für Abschaffungskampagnen, den Ursprung der Praxis nicht erklären.» (1992:782, Ü.d.A.)

1 Immerhin scheint ein üppiges, ausladendes Gesäss dem somalischen Schönheitsideal zu entsprechen!

2 Auch somal. *min*: Haus, Uterus (Abdi 1993).

LIEBHABER

In informellen Gesprächen mit meinen vertrauteren Gewährsfrauen kamen wir unweigerlich auf das unerschöpfliche Thema «Männer» und fragten einander: «Wie sind sie denn so – die Schweizer, die Somali?»

Meine Aussagen seien hier unterschlagen. Dafür kommt einmal mehr die freimütige Bella zu Wort. Nachdem sie, die Frischinfibulierte spielend, zum Kajütenbett gehoppelt war [Lachen, S. 34], griff sie nach einem Tuch, schlang es um die Hüften und erläuterte: «Das müssen wir zu Hause tragen! Nichts darunter, weisst du. Damit der Mann, wenn er heimkommt, bloss ratsch! machen muss und schon in dir drin ist! So sind sie, die Männer!»

So sprach Bella als Feministin. Von ihrem real existierenden Ehemann sagte sie aber, er sei zärtlich, modern und redlich bemüht, der Frau Lust zu bereiten. Ganz anders erging es ihrer Tante:

«Sie hatte neun Kinder von ihrem Untier von Ehemann, einem primitiven Nomaden eben! Er machte es nur im Dunkeln, völlig angekleidet – keine zärtlichen Berührungen. Immer von hinten, aber also schon vorne, weisst du, das andere machen Somali nicht. Jede Nacht. Als würde er Pipi machen. Und nachher schlief er sofort ein.»

Anna schilderte [Dreifacher Schmerz, S. 43] ihren ersten Ehemann als Sadisten. Sie leitete aus dieser schlechten Erfahrung generelle Aussagen ab: «Somalische Männer können nicht warten. Sie kommen zu schnell. Wo die Frau bleibt, ist ihnen egal. Wenn sie sich drei Minuten zurückhalten, denken sie schon, sie sind tolle Liebhaber!»

Roberto dagegen folgerte aus offenbar reichem Erfahrungsschatz mit somalischen und europäischen Frauen: «Bei allen Frauen muss man bloss warten können im Bett. Und bis man sie im Bett hat.»

Melissa attestierte [Unfreiwillig, S. 75] Europäern mehr Rücksichtnahme auf ihr mehrfaches Trauma als Somaliern.

Dirie schreibt: «Infibulation fördert die Entwicklung sadistischen Verhaltens [...] beim Mann.» (1985:90, Ü. d. A.) Anderswo (1985:74) spricht er von einem durch Defibulation «konditionierten Reflex», Schmerzäusserungen der Frau zu ignorieren oder gar zu geniessen.

Mehrheitlich also nicht sonderlich gute Presse für den Somali als Liebhaber. Indirekte Aussagen relativieren aber das negative Bild. So lassen die nächsten Abschnitte Stimmungen durchscheinen, die darauf hindeuten, dass die Beziehung zwischen den Geschlechtern nicht durchweg von Angst, Schmerz und Gewalt geprägt ist. Sie besteht ja nicht aus der sexuellen Praxis allein, sondern auch aus Konzepten über Liebe.

Ausgeprägt romantische Liebe drückt sich in den vielen Liebesgedichten aus, die zum reichen Schatz mündlich überlieferter Poesie der «Nation von Poeten» [1] gehören. Die Sammlerin und Übersetzerin Margaret Laurence schreibt:

> «Es gibt hier erstaunlich viel romantische Liebe. Oft dichtet ein Dichter seine besten Verse für eine unnahbare Schönheit im Wissen, dass seine Liebe hoffnungslos ist, und vielleicht beruht seine Liebe nur gerade auf der Rundung einer Schulter oder einem Wimpernschlag.» (1993:29, Ü.d.A.)

Als Beispiel hierfür ein Gedicht des Poeten 'Ilmi Bowndheri (1908–38), der an seiner (unerfüllten) Liebe für das Mädchen Hodan starb:

Wie über Kamele – die nach Monaten des Weidens im Haud
Halt machen nahe der Wasserstelle, unruhig wartend,
während ein Hütejunge ihnen ein Lied vorsummt –
heisse Sehnsucht herfällt,
wenn sie die Hirten «Hoobay!» singen hören und sprechen von der Quelle Walwal,
so über mich, wenn ich «Hodan» höre, ihren Namen.
Wer wagt harmlos zu nennen, was für mich höllische Schmerzen enthält?
Bis man ihr Erde häuft auf das Grab, werde ich sie im Herzen behalten.
Halluzinierend in schwerem Schlaf hielt ich Hodan im Arm.
Aber ich hielt einen höhnischen Dschinn, der mich heimsuchte in ihrer Gestalt.
Nach ihrer Hand haschend griff ich ins Leere neben mir.
Als ich meine Hoffnung erkannte als Traum und Hodan nicht fand,
warf ich mich unglücklich hin und her und erwachte.
Zerwühlte mein Bett, und wie ein Löwe heulend
Hieb ich mit Klauen auf das Laken ein, als habe es meine Verzweiflung bewirkt,
hielt mein Haupt in den Händen, wie ein Held, von Feinden besiegt,
wie ein Hütejunge, erniedrigt, seiner Herde Kamele, Stolz seines Clans, beraubt,
verhielt mich wie eine Frau, die dreimal vom Ehemann hörte «geschieden bist du».

1 Als *Nation of Poets* hat der Reisende Richard Burton 1854 die Somali bezeichnet (S. Samatar 1991:14). Auch im Zentrum gab es einen Poeten, der einmal spontan eine Ode auf seine schöne Lehrerin sang und für das Schweizer Fernsehen bereitwillig die Berge und die grosszügigen Schweizer pries (Meier 1993).

Demütigend ist es, zu hoffen auf eine, die dir niemals gehören kann.
Allah, Allah, mein Herz ist verheert.[1]

KAMELFLEISCH

Ein weiteres Flüchtlingskontingent bringt neue Somali ins Integrationszentrum, und das Team bietet mich auf, im Rahmen des obligatorischen Sozialunterrichts, der Sprache und Leben im Aufnahmeland vermittelt, über *gudniin* zu sprechen. Zuerst werden die Männer versammelt, dann die Frauen. Die Übersetzung besorgt Hayad Abdullahi, und zwar wie Hawa so flink und subtil, dass ich im Rückblick glaube, direkt mit der lebhaften Schar gesprochen zu haben, wobei die junge, wunderhübsche Rosanna ihre pointierten Anmerkungen auf englisch dazwischenkräht.

Ich komme ziemlich bald zur Sache und informiere über die Rechtslage in der Schweiz. Die Frauen zeigen kein grosses Interesse. Sie zeigen auch keine Besorgnis über die Heiratschancen ihrer Töchter, die sie, falls es nach mir geht, nicht, *gar* nicht beschneiden sollen. Sie lassen überhaupt jeglichen Ernst vermissen, lachen und schwatzen. Ein Kind rutscht vom Tisch, schreit und wird angebellt. Ich komme mir mehr und mehr als eher ungeschickte Alleinunterhalterin vor, deren Darbietung mehr Amüsement als Nachdenken auslöst.

Gerade scheint das «Gespräch» endgültig zu versanden, als Rosanna plötzlich laut und deutlich fragt: «Was ist denn überhaupt besser für euch Europäerinnen?»

Ich schlucke leer. Tatsächlich habe ich mir diese Frage nie wirklich gestellt – es ist doch so klar, *was* besser ist, und *dass* dieses Etwas besser ist!

1 Das Gedicht zeugt nicht nur von romantischer Liebe, sondern auch von der Bedeutung des Kamels, das den somalischen Wortschatz so stark prägt, dass ihm Samatar (1991) ein eigenes Kapitel widmet.
Roberto, der das Gedicht wie viele andere aus dem Gedächtnis rezitiert, hält fest, der Autor heisse nicht Bowndheri, sondern Boodhari. Er hat für mich die englische Übersetzung von Abdillah/Andrzejewski (1967:201–2) anhand des somalischen Originals (in seinem Kopf) erläutert und verbessert, und ich habe dann, zuerst ebenfalls auf englisch, dann auf deutsch, sinngerechter nachgedichtet, auch poetischer, indem ich das tragende Element somalischer Gedichte, den Stabreim, nachbilde, in diesem Fall das auch im Original in jeder Zeile mehrfach wiederkehrende H, gegeben durch *H*odan, den Namen der Geliebten, das Weidegebiet *H*aud und den die durstigen Kamele elektrisierenden Singsang «*H*oobay!», der die Schwerarbeit der Hirten beim Wasserschöpfen begleitet.

Nun ist es plötzlich ganz still. Ich muss unbedingt antworten.

«Also, was besser ist für uns: Wir haben erstens nicht den dreifachen Schmerz bei der Beschneidung, der Hochzeit, den Geburten.»

Die Frauen nicken und murmeln zustimmend.

Rosanna: «Und zweitens?»

Glatteis. Schon wieder beginne ich mit einem «Also», wie immer, wenn es heikel wird: «Also, ich habe in den Büchern gelesen, also, ich weiss nicht, ob das stimmt –»

Rosanna: «Was denn?»

Es muss sein. «Dass es für uns Europäerinnen leichter sei, zur Lust zu kommen!»

Tumult. Feixen. Zwischenrufe, die ich nicht verstehe.

Dann die helle Stimme von Rosanna: «Hast du eine Ahnung! Unsere Männer sind nämlich stark!»

Zustimmung, Gelächter.

Sobald gelacht wird, geht es mir besser: «Aha, eure Männer sind stark, so richtig mmmh!» Ich begleite den Satz mit einer spontanen Geste, von der ich gar nicht wusste, dass ich sie im Repertoire habe: Mit beiden Händen umfasse ich vor mir in der Luft anerkennend etwas riesenprächtig Ragendes.

Überraschung, tobende Heiterkeit, sichtliches Entzücken über die alte *gaasha*, die zuerst predigt, dann obszön mit den Händen redet.

Rosanna: «Ja – genau! Unsere Männer essen eben Kamelfleisch!»

Ungeheurer Spass, auch für mich, die ich weiss, dass es im Lager Kamel- und anderes Fleisch überhaupt nicht gab und dass die somalischen Nomaden Kamele ohnehin in erster Linie als Milch-, nicht als Fleischlieferanten halten und nur sehr selten schlachten (Lewis 1961:85).

Rosanna, triumphierend: «Und wegen dem Kamelfleisch sind sie so stark. Das sagen auch die Europäerinnen!»

«Die Europäerinnen?»

«Ja. Die sind doch ganz versessen auf Somali-Männer. Ich kannte ein paar in Somalia. Die sagten, die Somali sind besser als eure Männer!»

Allgemeine Begeisterung. Und die Schulstunde ist zu Ende. Die Frauen trollen sich schnatternd und lachend wie nach einem lustigen Film. Als letzte kommt die Hexe Rosanna mit tanzenden Augen auf mich zu, und wir verabschieden uns in bestem Einvernehmen. Eine, die sich durchsetzen wird in Anmut und Würde. Wer ist da eigentlich verstümmelt? Immer wieder hell auflachend brause ich über die Autobahn heimwärts. Der «Kamelfleischesser» Roberto, der mich begleitet hat, versteht meine Erheiterung nicht ganz: «Sie hat sich doch lustig gemacht über dich!»

Ja, eben.

LUST

«Mit meinem zweiten Mann war es gut!» sagt Rosa mit Nachdruck. Sie lehnt sich lustvoll seufzend im Stuhl zurück und lacht übers ganze kugelrunde Gesicht, macht schimmernde Schlitzaugen und zeigt die Grübchen.

Mir genügt diese körpersprachlich untermalte Antwort auf die Frage, die ich jeweils etwa so formulierte: «Und nach dem Öffnen wurde es gut? Hattest du Spass, Lust?»

Ich fragte meine Gesprächspartnerinnen bewusst nicht: «Hast du einen Orgasmus?» Ich wollte ja nur wissen, ob sie auf ihre ganz persönliche Weise gern mit ihren Ehemännern schliefen. Ich wollte unbedingt vermeiden, ihnen zu suggerieren, dass ihnen etwas fehlen könnte. (Wie es mir erging, als ich das trotzdem einmal andeutete, habe ich soeben beschrieben.) Bei den meisten Frauen hatte ich wie bei Rosa deutlich den durch Körpersprache vermittelten Eindruck, dass ihre Lust durchaus umfassend war.

Nur Julia sagte trocken: «Ich spüre gar nichts. Aber ich will ein Kind!»

So fehlen in meinem Bericht Zeugnisse, die unmissverständlich den Orgasmus beschreiben, wie sie bei Lightfoot–Klein (1989:86) zu lesen sind. Rushwan et al. bemerken zum Thema «Lust» bzw. «sexuelle Probleme»:

> «Die Häufigkeit sexueller Probleme einzuschätzen ist eine tückische Sache. Sex ist ein heikles Thema, noch viel heikler als Beschneidung. [...] Das Konzept ‹sexuelle Befriedigung› ist problematisch. Befriedigung ist subjektiv, die Einschätzung von Lust ein delikates, wenn nicht absurdes Unterfangen. Einige Frauen waren ‹befriedigt›, weil sie ihre eheliche Pflicht getan und ihren Männern Lust bereitet hatten. [...] Wenn sie an Sex dachten, hatten sie etwas anderes im Sinn als Orgasmus. Wir sollten uns das jeweilige System sexueller Werte (*indigenous sexual value system*) vor Augen halten, wenn wir Daten zu interpretieren suchen.» (1983:89, Ü. d. A)

Mein eigenes, europäisches *indigenous sexual value system* hatte dazu geführt, dass in meinem Nachdenken über Beschneidung die Orgasmus-Frage zuerst ziemlich zentral war (Beck-Karrer 1992a). Heute hat sie für mich im Vergleich mit dem dreifachen Schmerz eher sekundäre Bedeutung.

Als ich Männer fragte, ob ihrer Meinung nach Infibulation das sexuelle Empfinden der Frau beeinträchtige, hatte der Dialektiker Nicola [Schmerzpsychologie, S. 50, Reinheit des Mannes, S. 53] auch dazu eine elegante Antwort zur Hand: «Was sie (die Frauen) nicht kennen, können sie auch nicht vermissen.»

Trotzdem wurden er und Giuseppe entschieden neugierig, als ich ihnen sagte, dass ich mit den meisten Frauen Interviews über *gudniin* geführt hätte, und versuchten mich auszuhorchen. Dass die Männer ganz offensichtlich nichts wussten von meinen doch ziemlich umfangreichen Forschungen im Haus, überraschte mich, weil sich Neuigkeiten und Klatsch meist sehr rasch verbreiteten. Es scheint, dass sexbezogene Themen zwischen den Geschlechtern tabu sind und ein Gespräch in gemischtem Kreis wie das durch die Aussenseiterin Nana ausgelöste über *gudniin* und Sauberkeitserziehung [S. 38] nicht die Norm ist.

Offenbar ist Schweigen über Lust auch im Ehebett angezeigt. Jedenfalls ergänzt Rosa nach einem Moment des stummen Schwelgens in Erinnerungen ihr «Gut!» mit der ebenso emphatischen Aussage: «Aber niemals, niemals würde ich einem Mann sagen oder zeigen, dass es mir gefällt – lieber sterben!»

Rosa betrachtend, denke ich, dass ein Mann schon merken wird, dass es ihr gefällt. Als sie am neuen Wohnort einen Somali heiratet und als Braut strahlend und verjüngt ihre ausschliesslich weiblichen Gäste empfängt, wird sie von Hawa gefragt, wie sie es denn geschafft habe, so schlank zu werden. Die sonst so verschämte Rosa antwortet prompt: «Ich bin verliebt! Ich hatte Lust auf einen Mann! Es hat da unten wie wild gejuckt!»

Und die Frauen kugeln sich vor Lachen. Ich lache mit und sinne einmal mehr über die Bedingungen von «Lust» im weitesten Sinn. Ich bin als einzige Frau im Raum unbeschnitten, Bürgerin des Landes, lebe in geordneten Verhältnissen etc. Und empfinde mich in der Hochzeitsgesellschaft im Moment als fade, verklemmt, grau. In diesem Moment beeinträchtigten Selbstwertgefühls fällt mir de Villeneuve ein. Wie schilderte die Ärztin in Djibouti in ihrem erschütternden, gleichzeitig auch sehr rassistischen Aufsatz über die «Zugenähten Frauen» (1937) die Somalierinnen? Zu Hause las ich: «Traurigkeit. Affektives Unvermögen. Prüde. Mittelmässige Mütter. Frigidität. Syphilitisch.» (Ü. d. A.)

Ethnologie – ein Spiegelkabinett?

RAUCH

Hawa, immer besorgt um meine Integration als Adoptiv-Somali, erklärt mir während der Planung des Festes für Grazias Töchterchen: «Und vor dem Essen machen wir Frauen Rauch. Damit du siehst, wie das geht. Einverstanden?»

Ich zögere. Weil ich aus verschiedenen Quellen (u. a. Lightfoot-Klein 1989) weiss, dass durch Rauch, wenigstens im Sudan, der Ehemann unmissverständlich die Einladung zum Koitus erhält, die in Worten und Gesten nicht ausgedrückt werden kann. Können wir das Risiko eingehen, im Zentrum, das vor allerhand Frustrationen manchmal nur so brodelt, durch ein solches Signal die Stimmung anzuheizen?

Hawa lacht mich aus: «Bei uns Somali bedeutet das nichts. Wir machen das einfach so. Wenn wir ins Kino gehen. Wie Parfüm.»

Parfüm? Immer völlig absichtslos? Ich schweige. Phantasien von Orgien verraten Prüderie. Aber später nimmt mich die diplomatische Maria, die ebenfalls schweigt, auf die Seite und flüstert mir zu: «Du hast schon recht. Wir machen das schon vor allem, wenn wir Lust haben, du weisst schon – auf den Mann.»

Also sind das keineswegs durch Buchwissen genährte Phantasien!

Hawa, die ganz offensichtlich lieber in einer Schar Landsfrauen Rauch machen würde statt immer allein, ist bereits unterwegs und organisiert den Ablauf. Die Frauen versammeln sich vor dem Festessen in einem der Schulzimmer und erwärmen über dem zentrumseigenen, biederen Gartengrill in einem Tongefäss die braunen Brocken, die plötzlich aus allen Taschen auftauchen und nun ihre aromatischen Düfte entfalten, eben den Rauch. Die Frauen führen einander das Gefäss mit suggestivem Gekicher und Getöne unter die Haare, an den Hals, in die Achselhöhlen und unter die Röcke. Dabei amüsiert mich natürlich, dass der Rauch genau wie kirchlicher Weihrauch duftet.

Dann wird geklatscht, gesungen und mit viel Hüftschwung getanzt. Aber im Ganzen, scheint mir, fehlt ein wenig der Elan, und ich werde den Eindruck nicht los, dass mir zuliebe Folklore inszeniert wird.

Rosa ist besonders aktiv, wirkt aber unfroh. Schliesslich sagt sie zu mir: «Nun riechen wir wunderbar. Dabei haben wir doch alle keine Männer!»

Zur Orgie kommt es nicht. Die Stimmung an dem Fest bleibt sehr förmlich. Vielleicht hat der Rauch nicht nur bei Rosa mehr Melancholie als sexuelle Bereitschaft ausgelöst.

Im Zusammenhang mit dem Rauch sei mir ein wenig wissenschaftliche Polemik gestattet gegen einen Mythos über den Ursprung der Infibulation, der sich auf Erkenntnisse aus der Verhaltensforschung beruft.

Hicks (1986) belegt in computerfleissiger, seitenlanger Analyse einen Umstand, der an sich schon feststeht: Infibulation wird vorwiegend von ursprünglich nomadisierenden Viehzüchtern am Horn von Afrika praktiziert. Auf Aussagen über ursächliche Zusammenhänge zwischen Infibulation und Gesellschafts- bzw. Wirtschaftsform lässt sich Hicks selber kaum ein, hält es jedoch für möglich, dass die Männer, die während Monaten mit den Kamelherden unterwegs waren/sind, sich der Treue ihrer Frauen, die mit den Kindern und den Kleinviehherden (Schafe, Ziegen) in einem Basis-Camp zurückbleiben, durch Infibulation zu versichern suchen.

Diese ausgeprägte Aufgabenteilung zwischen den Geschlechtern ist der Ausgangspunkt für die Thesen von Grassivaro Gallo/Viviani, die sich zunächst in einer unscheinbaren Fussnote niederschlagen:

> «Wir nahmen an, dass Infibulation eingesetzt worden sein könnte, um olfaktorische Ausdünstungen [oder schlicht Gerüche, Anm. d. A.] zu reduzieren, hauptsächlich, indem man die normale Damm-/Scheidengegend auf die nach Infibulation verbleibende kleine Öffnung reduzierte. So konnten die Frauen als Hirtinnen ungestört ihre Tiere versorgen, ohne die Fleischfresser im Busch anzulocken und deren Aufmerksamkeit auf die weidende Herde und die unbewachte Hütte zu lenken.» (1988:178, Ü. d. A.)

In der Zusammenfassung desselben Artikels lesen wir:

> «Es wird hier vorgeschlagen, dass Infibulation eine evolutionäre Antwort auf die Umstände (nomadische Viehzucht) ist, nötig geworden durch die Reaktion von Tieren auf weibliche Sexualgerüche. Die ‹geruchsfreie› infibulierte Frau zieht mit kleinerer Wahrscheinlichkeit Raubtiere an.» (1988: 165, Ü. d. A.)

Die Anführungszeichen um «geruchsfrei» stammen von den Autoren, von mir die folgenden Fragezeichen dazu:

1. Menstruieren denn nicht auch infibulierte Frauen, und zwar tendenziell eher länger, weil Infibulation den Abfluss behindert, und verbreiten also durchaus Gerüche?
2. Gehen Sexualgerüche bloss von Vaginen aus? Oder auch von Penissen? Überhaupt vom ganzen Körper beider Geschlechter?
3. Wieso sollten Löwen speziell auf weibliche Sexualgerüche reagieren? Wenn es doch bei den Herden ganz generell so herrlich nach (ungewaschenem) Menschen- und Haustierfleisch riecht?

Die Autoren sprechen des längeren von Gerüchen und vom menschlichen Geruchssinn, der vor allem sexuelle Gerüche nur mehr unterschwellig wahrnehme. Weiteres Fragezeichen.

Vordergründig räumen sie dann ein, es sei schwierig oder unmöglich, ihre Hypothese zu beweisen, fahren aber selbstbewusst fort:

> «Die Daten sind klar: Infibulation trug zum Überleben in einem kargen und schwierigen Umfeld bei. [...] Somalische Gruppen fanden den Schlüssel zur Überlegenheit über ihre Vorgänger im gleichen Gebiet.» (1992:263, Ü. d. A.)

Die Vorgänger sind jene sammelnden und jagenden *midgaan*-Gruppen, die laut Grassivaro Gallo/Viviani 1993 nicht nur die heutigen Beschneiderinnen stellen [Ausführende, S. 79], sondern seinerzeit die Infibulationstechnik gar erfunden und fortan an den Somali Infibulationen vorgenommen haben sollen. Woraus dann die evolutionäre Überlegenheit der einwandernden Somali resultierte!

Aufgrund von Lightfoot-Kleins Bericht (1989) über die erotische Signalfunktion von Rauch im Sudan entwickeln Grassivaro Gallo/Viviani (1993) nämlich auch noch die These, der Rauch müsse die bei infibulierten Frauen die ihrer Meinung nach fehlenden sexuellen Lockstoffe ersetzen, die nun offenbar auch von Menschen nicht mehr nur unterschwellig wahrgenommen werden.

«HEISSE» FRAUEN

Eine der Begründungen für alle Formen von Frauenbeschneidung, die in der Literatur regelmässig auftauchten, ist der Wunsch, die als (allzu) heiss konzipierte weibliche Sexualität abzukühlen und dadurch voreheliche Jungfräulichkeit und eheliche Treue sicherzustellen, was feministisch geprägter Kritik an der Praxis Nahrung gibt. Auch Dirie (1985:89–90) behandelt das Konzept und merkt einmal mehr an, dass Frauenbeschneidung unter Umständen die Orgasmusfähigkeit einschränkt, aber nicht notwendig das sexuelle Interesse. Er hält es sogar für möglich, dass die leicht wiederherstellbare Infibulation sexueller Immoralität Vorschub leiste.

Drei Zeugnisse (zwei Männer, eine Frau) bei Livio (1990:A3, A7, A15) zielen in Richtung einer weiblichen Heissnatur, wobei sich die Aussagen auf afrikanische Frauen beschränken, deren Heiss-Sein als klimatisch bedingt erscheint.

Ich habe versucht eine Bestätigung zu finden, dass in Somalia solche klimatisch-sexuellen Vorstellungen über eine gesellschaftlich unerwünschte heisse Natur der Frau verbreitet sind, stiess aber durchwegs auf kopfschüttelndes Unverständnis und bekam den Eindruck, dass nach Auffassung meiner Gewährsleute Infibulation Jungfräulichkeit rein mechanisch schütze, grundsätzliche Abkühlung aber weder stattfinde noch beabsichtigt sei.

Roberto, immer bemüht, eventuelle feministische Empfindlichkeiten meinerseits zu beschwichtigen, noch bevor sie auftreten, belehrte mich ernst, der Koran [S. 97] sei nicht frauenfeindlich. Ein Mann sei aufgefordert, den Frauen Lust zu bereiten, und verdiene sich damit das Paradies.

Etwas boshaft präzisierte ich: «*Den* Frauen? Sicherlich doch bloss den Ehefrauen!»

Der Korangelehrte musste lachen, weil er, Junggeselle und Mann von Welt, mir erzählt hatte, dass sich das Heiss-Sein somalischer Frauen und das Bemühen somalischer Männer um irdische und himmlische Paradiese nicht nur auf die Ehe beschränke.

Frauen habe ich übrigens nicht über ihre vor- und ausserehelichen Liebeserfahrungen befragt. In der Heim-Situation, in der sich die im Moment mehrheitlich alleinstehenden Frauen befanden, als ich mit ihnen sprach, erschien mir das Thema als nicht sehr aktuell und als möglicherweise verletzend, weshalb ich Diskretion übte, obwohl ich mich brennend gern an dieses heisse Eisen herangepirscht hätte.

KORAN

Bis auf drei Frauen wussten alle meine Gewährsleute, dass Frauenbeschneidung vom Koran nicht vorgeschrieben wird (Schädeli 1992). Gelegentlich wird allerdings argumentiert, dass der Koran Frauenbeschneidung auch nicht ausdrücklich verbiete, weshalb die Praxis religiös sozusagen neutral und dem Ermessen des einzelnen überlassen sei. Diese Feinheiten islamischer Theologie demonstriert der somalische Korangelehrte Al-Razik (1989) an einem Seminar in Mogadishu. Sein gewundenes, eigenartig ambivalentes Referat befürwortet, genau gelesen, eigentlich *sunna*, was durch ein paar vage, zur Frömmigkeit mahnende Schlussworte verschleiert wird.

Gruenbaum (1991) stellt bei ihrer Folgestudie nach zehn Jahren in zwei Dörfern im nördlichen Staat fest, dass Teile der ländlichen Bevölkerung allmählich von der Infibulation weg zu milderen Beschneidungsformen tendieren. Sie bringt diese erfreuliche Entwicklung in Zusammenhang mit der starken Arbeitsmigration der Männer nach Saudi-Arabien und deren Kontakt mit dem dortigen orthodoxen Islam wie auch mit dem Einfluss der seit 1989 regierenden fundamentalistischen National Islamic Front im Sudan.

Roberto argumentiert als Muslim, Allahs Schöpfung sei vollkommen und deshalb auch der weibliche Körper. Somit deckt sich die menschenrechtliche Vorstellung von der Integrität des menschlichen Körpers mit dem islamischen Weltbild.

Auf Männerbeschneidung angesprochen meint Roberto, diese diene keinerlei menschlichen (z.B. hygienischen, ästhetischen oder sexuellen) Zwecken, sondern sei ein Zeichen der Hingabe an Gott. Männerzentriert wie das Judentum, scheint der Islam den Bund nur männlichen Gläubigen abzuverlangen, die damit auch stellvertretend für die in geistlichen und weltlichen Belangen unmündigen Frauen handeln.

Ich referiere ganz bewusst die Aussagen von Roberto, weil ich mit ihm immer wieder über Gott und die Welt rede, was ganz wörtlich aufzufassen ist. Der koranfeste Roberto, der nicht nur auswendig gelernte Verse zitieren kann wie viele Muslime nicht-arabischer Muttersprache, sondern Hocharabisch liest und schreibt, füllt nämlich allmählich einige der Lücken, die mein Islam-Bild prägen. Ich habe meinen Wissensmangel als grosse Behinderung empfunden in meinen Gesprächen, in denen der Koran allgegenwärtig war. Immer wieder wurden Koranverse zitiert, um Argumente zu untermauern, und ich hätte manchmal gern mit Gegenzitaten fechten wollen. Vor allem die Männer liebten es, sich auf den Koran zu berufen und persönlichen Aussagen zu entziehen. Aber nicht zu allen konnte ich wie zu Roberto sagen: «Komm' mir jetzt nicht mit dem Koran – ich möchte wissen, was du tust, nicht, was du tun solltest», worauf er mir lachend und weltlich antwortete.

Koranverse könnten, meine ich, erfolgreich bei kulturgerechten Abschaffungskampagnen eingesetzt werden. Ich muss diese Arbeit natürlich grundsätzlich den *wadaad* (islamischen Geistlichen) überlassen, würde aber bei Gelegenheit gern selber einen Satz aus der Trickkiste zaubern können, wie zum Beispiel den, welchen Roberto zitierte, als ich einmal mehr klagte, die ganze *gudniin*-Geschichte komme mir einfach nach wie vor unnütz vor.

«Ja», sagte er, «und der Koran sagt dazu: Was nichts nützt, ist verboten.»

KULTUR

Meine Gewährsleute beriefen sich also weniger auf ihre Religion als legitimierende Instanz für *gudniin*, als auf ihre Kultur (*dhaqan*).

Kultur? Ich schluckte schwer, als Bella den Begriff – viel debattiertes ethnologisches Leitfossil – erstmals verwendete. Später erwies sich «Kultur» geradezu als somalisches Lieblingswort, das gute Manieren, Sitte, Brauch, Tradition, Zivilisation und Somalitum bezeichnet und damit so ziemlich alles legitimiert, was von Angehörigen anderer Kulturen bzw. Unkulturen in Frage gestellt werden könnte.

Dazu ist anzumerken, dass tatsächlich von einer relativ homogenen somalischen Kultur gesprochen werden darf, wenigstens aus der Sicht der politisch tonangebenden, vornehmen, ursprünglich nomadischen Clans.[1] Gemeinsame Sprache, Religion und Rasse im Verein mit einem nicht mehr unbedingt gelebten nomadischen Selbstverständnis stützen das somalische Kultur-Konzept, so dass meine Gewährsleute unbefangen von «ihrer Kultur» sprachen.[2]

Ich dagegen meide den Begriff sorgfältig, weil er mir oft statisch und verdinglicht vorkommt, gern einen Beigeschmack hat von Herrenkultur (Abu-Lughod 1991) oder wie bei Bourdieu (1987) als «guter Geschmack» die feinen Unterschiede macht und ein klassenbedingtes Kapital bedeutet, das man hat oder nicht hat. In meiner Absichtserklärung, die ich vor den Interviews abzugeben pflegte, klammerte ich den Begriff «Kultur» aus und sagte, ich beschäftigte mich mit der Geschichte und Gesellschaft aussereuropäischer Völker. Ich formulierte so aus persönlicher Neigung, aber auch, weil ich noch nicht wusste, wie geläufig den Somali das Wort «Kultur» ist.

Dass ich allen Grund zur Vorsicht hatte in Sachen Kultur, zeigte ein für mich beschämendes kleines Gefecht mit dem Mathematiker Nicola, der, wie mehrfach erwähnt, eine feine Klinge führte.

Er hatte mir eben in seiner für meine Ohren immer leicht salbungsvollen Art erklärt, nicht der Koran, sondern die somalische Kultur sei für das bedauerliche, so sagte er, Fortleben von *gudniin* verantwortlich. Da ich ihm sein achselzuckendes Bedauern nicht ganz abnahm, wollte ich seinen selbstgerechten Kulturbegriff etwas ins Wanken bringen und fragte: «Wie kommt es, dass ausgerechnet ihr Somali, die ihr doch so stolz seid auf eure Kultur, eine völlig kulturfremde Praxis, nämlich die nach dir ägyptische pharaonische Beschneidung weiterführt?»

Mit gefährlicher Sanftheit antwortete Nicola: «Gibt es denn deiner

1 Neben den Städten sind nach Lewis (1966) auch die Agrargebiete im Süden relativ stark von Bantu-Gruppen durchsetzt, die sich als Klienten durch fiktive Genealogien in das System der herrschenden, somalistämmigen, aber sesshaft gewordenen Digil- und Rahanwayn-Clans eingliedern und durch Somalisierung ihre Stellung zu verbessern suchen.

2 Sunnitischer Islam, kuschitische Rasse und Sprache; diese ist erst seit 1972 Schriftsprache mit lateinischem Alphabet.
Politisch spiegelt sich das integrierende Kulturkonzept im fünfzackigen Stern der somalischen Flagge, der für die fünf somalischen Stammlande steht: Zwei Zacken, das südliche Somalia (ehem. italienische Kolonie) und das nördliche Somaliland (ehem. britisches Protektorat) bilden die heutige Republik Somalia. Drei Zacken fehlen noch in der somalischen Krone: Der Ogaden (heute Teil von Äthiopien), Djibouti (ehem. französische Kolonie, heute unabhängige Republik) und die Nordprovinzen von Kenia gehören in den Augen somalischer Nationalisten ebenfalls zu Somalia.

Meinung nach reine Kulturen? Unsere Religion zum Beispiel kommt aus Arabien. Kommt deine Religion etwa aus der Schweiz?»

Volltreffer! Nicht nur meine Religion, auch Zahlen, Astronomie, Medizin etc. sind entschieden nicht auf Schweizer Mist gewachsen...

Ich schlage mir mit der flachen Hand gegen die Stirn, breite beide Arme aus, hebe die Schultern an und senke den Kopf – wortlos; der Umgang mit der somalischen Kultur hat in mir eine Fülle von Gesten zutage gefördert. Nicola, ein fairer Sieger, dreht bloss eine Handfläche nach oben, neigt ebenfalls den Kopf und sagt: «Kein Problem!»

Für mich ist es natürlich trotzdem ein Problem, jäh entdecken zu müssen, dass in meinem Hinterkopf ein Kulturbegriff von einer Plattheit steckt, die im Widerspruch steht zu den vielen Semestern Ethnologie und in keiner Weise meine Hochnäsigkeit gegenüber somalischer Rede von Kultur rechtfertigt. Warum habe ich nicht wenigstens zurückgefragt: «Gibt es denn deiner Meinung nach statische Kulturen? Ändert sich nie etwas? Ich zum Beispiel besitze keine Kühe. Warst du etwa Nomade mit vielen Kameln oder Gymnasiallehrer?»

ANWALT

Von somalischer Kultur sprach auch der junge Student, Prinz und Feuerkopf Aldo, nachdem er von mir erfahren hatte, dass *gudniin* nach Artikel 122 des Schweizer Strafgesetzbuches den Tatbestand der vorsätzlichen schweren Körperverletzung erfüllt. Zuerst blieb er still, aber beim Abschied beugte er sich mit seinen einsfünfundneunzig über mein ergrauendes Haupt und sagte in glühendem Zorn: «*Gudniin*, ob gut oder schlecht, gehört zu unserer *Kultur*. Ihr Schweizer hab kein Recht, euch da einzumischen! Ich werde einen Anwalt nehmen!»

Ich erschrak, tanzte aber innerlich gleichzeitig vor Vergnügen: die alte Debatte ‹Kulturrelativismus versus Menschen- bzw. Landesrechte›! Wie hatte sie nicht nur die *antagem*-Frauen, sondern auch die englischen und französischen KollegInnen beschäftigt![1] Sie wurde dann mit Aldo, der zum Gebet musste, nicht geführt. Ich erwiderte ruhig «Ja, mach das, bitte. Nimm einen Anwalt!»

1 Vorzügliche Darstellung in Nyfeler/Béguin (1994:39–40). Siehe auch Boulware-Miller (1985) und Erlich (1990).

Es ging mir allerdings weniger um seine Kultur (und womöglich die Legalisierung von Frauenbeschneidung) als um die schweizerische Rechtsprechung vor dem Hintergrund eines umstrittenen Bundesgerichtsentscheides (BGE 119 Ia 18. Juni 1993:178–196), der einem in der Nähe von Zürich lebenden türkischen Muslim erlaubt, seine Tochter aufgrund seiner religiösen Überzeugung vom obligatorischen schulischen Schwimmunterricht fernzuhalten.[1]

Ob auch Aldo mit seinem Anliegen durchkäme? Eigentlich müsste der Fall durchgespielt werden. Aldo versus *antagem*-Frauen? Noch kann sich Aldo Anwälte nicht leisten. Noch schlafe ich ruhig.

ABGEHACKTE HAND

Ein somalischer Zahnarzt, den ich an einem Symposium in Padua traf, argumentierte wie Aldo, es gebe kein Recht des Gastlandes, sich in die kulturellen Angelegenheiten von MigrantInnen einzumischen. Der Herr Zahnarzt war mir etwas unheimlich. Im Auftrag einer Gruppe interkultureller PsychiaterInnen in Rom hatte er adoleszente somalische Migrantinnen über ihre Einstellung zum (bereits erlittenen) Eingriff *gudniin* befragt, um die psychischen Folgen der Praxis für Frauen zwischen den Kulturen abzuklären. Ein an sich löbliches Unternehmen. Ich hatte aber schon nach den ersten Höflichkeiten, die ich mit dem Wissenschaftler in der Pause austauschte, ohne fassbaren Hinweis, aber kristallklar das Gefühl, man habe den Bock zum Gärtner gemacht: Zahnarzt, eigene Praxis, Interviews mit Mädchen – ein Beschneider?

Natürlich tat ich das Gefühl sofort als Hirngespinst ab. Hinterher gestanden aber meine *antagem*-Kolleginnen das gleiche Unbehagen ein. Wie gesagt, war und blieb es unbelegbar, bildete aber den Hintergrund für das, was folgte. Als nämlich der Zahnarzt, der mit einer Gruppe arbeitete, wel-

1 Beruhigend ist (wenigstens für Laien) ein Satz unter Punkt 8 a der Urteilsbegründung (S. 194):
«Erst wenn das Kindeswohl unter der Befolgung von Glaubensvorschriften konkret und in massgeblicher Weise belastet würde, rechtfertigte es sich, das Kindesinteresse über das Elternrecht zu stellen. Dies träfe etwa zu, wenn die Gesundheit des Kindes gefährdet oder wenn es in seiner Ausbildung in einem Masse eingeschränkt würde, dass die Chancengleichheit – einschliesslich derjenigen zwischen den Geschlechtern – nicht mehr gewährt wäre, beziehungsweise wenn es Lehrinhalte nicht vermittelt erhielte, die in der hiesigen Wertordnung als unverzichtbar gelten.»

che der Frauenbeschneidung zumindest kritisch gegenübersteht, dem italienischen Gesetzgeber grundsätzlich das Recht absprach, diesbezügliche Gesetze zu erlassen [1], lebte mein Unbehagen erneut auf. Ich liess mich etwas hitzig auf eine Diskussion ein und beging alsbald einen lehrreichen Fehler. Ich argumentierte, dass ein Gastland doch alle Lebensbereiche gesetzgeberisch regle und im Interesse der Rechtsgleichheit keine Sondergesetze einzelner Gruppen dulden könne. «Muslime können doch auch nicht verlangen, dass in Italien Dieben die Hand abgehackt wird!»

Nun wurde der Zahnarzt seinerseits hitzig: «Immer diese anti-islamischen Vorurteile! Als seien wir alles blutrünstige Fundamentalisten! Somalia ist ein moderner, säkularer Staat!» [2]

Ich hatte durch ein höchst ungeschicktes Beispiel eine defensive Reaktion provoziert und Gelegenheit geboten, vom Thema abzulenken. Lehre: Keine Beispiele aus dem Bereich des Islam! Wenigstens so lange, bis ich entschieden korankundiger geworden bin!

Heute verwende ich ein wesentlich weniger drastisches Beispiel als die abgehackte Hand: «Dürfen denn Engländer auf dem Kontinent links fahren, nur weil sie es so gewohnt sind?»

ABSCHAFFUNG

1988 fand in Mogadishu ein Internationales Seminar über Frauenbeschneidung statt. Der Kongressbericht vermerkt: «Die Debatten und Ereignisse des Seminars wurden landesweit über Radio, Fernsehen und Presse sowie über traditionelle Formen der Kommunikation wie Dichtung und Rezitation verbreitet.» [3] (AIDOS/SWDO 1989:VII)

Bei den Interviews fragte ich die Frauen deshalb regelmässig, ob sie schon in Somalia mit Abschaffungsbemühungen in Kontakt gekommen seien. Die Auskünfte waren vage: «Ja, da war, glaube ich, einmal etwas im Radio, wir sollten eher *sunna* machen oder so.»

1 Was übrigens noch nicht geschehen ist, wie Livio (1993) mit Empörung vermerkt.

2 D.h. ohne absolute Geltung der Scharia, der islamischen Rechtsprechung. «Das Rechtssystem [der Verfassung von 1961] war eine sorgfältige Mischung der britischen und italienischen Systeme sowie der Scharia und der zivilen Rechtsprechungstradition.» (Laitin/Samatar 1987:71)

3 Es wurde auch ein echt somalischer Poesie-Wettbewerb veranstaltet. Siehe das preisgekrönte Gedicht von Muse (1989) auf Seite 63.

Sie scheinen also durch die Medien nicht nachhaltig beeinflusst worden zu sein. Ich befragte auch Lisa [Nadel und Faden, S. 104], ob es ihres Wissens in Somalia Abschaffungskampagnen gegeben habe. Sie machte eine wegwerfende Handbewegung und sprach: «Jaja. Sie wollten *gudniin* abschaffen, verbieten. Aber der Präsident hat doch wie alle Leute seine Töchter infibulieren lassen!»

Schon 1979 muss ein nationales Abschaffungskomitee bestanden haben. Nach Raqiya/Warsame (1982) war es zusammengesetzt aus Vertretern der verschiedenen Ministerien, der somalischen Frauenorganisation SWDO, der Gewerkschaften und der Jugendorganisation sowie aus Ärzten, Psychologen und Privatleuten. Ihm oblag offenbar die Lancierung einer landesweiten Kampagne, aber es war mir nicht möglich, Genaueres über die Aktivitäten, von denen die Autorinnen sprechen, in Erfahrung zu bringen. Eine Fussnote in Ismail vermerkt: «Das Gesundheitsministerium verbietet die Durchführung von Infibulationen in Spitälern und Ambulatorien.» (1982:274, Ü. d. A) Die Ärztin Paula bestritt allerdings energisch, dass ein solches Verbot zur Zeit ihrer Tätigkeit (noch) in Kraft gewesen sei.

1978 wurde von somalischen Medizinstudentinnen eine erste Studie über Frauenbeschneidung durchgeführt (Ismail 1982). WHO und Unicef veranlassten eine weitere somalische Studie (Hussein et al. 1982). 1982 erschien in England unter dem Titel *Sisters in Affliction* Raqiyas in Holland geschriebene Dissertation in Buchform. Die Zusammenarbeit zwischen SOMAC und SAREC ermöglichte die mehrfach zitierte vorzügliche Arbeit von Dirie (1985). Weitere Studien somalischer Autorinnen enthält der erwähnte Kongressbericht (AIDOS/SWDO 1989). Diese wissenschaftlichen Publikationen, durchweg in englischer Sprache geschrieben, dürften weniger Einfluss auf die somalische Bevölkerung als auf internationale Geldgeber gehabt haben, die weitere Massnahmen ermöglichten. So die AIDOS/SWDO-Kampagne, die mit italienischer Finanzierung seit 1987 vorbereitet wurde, zum Kongress von 1988 führte und im Bürgerkrieg unterging. Für diese Kampagne wurden vom ILO Training Centre in Turin Materialien (*modules*) entwickelt, die eine informelle und partizipative Schulung fördern sollen (Bertino 1989). Die Projektleiterin Cirillo hält für somalische Verhältnisse ein natürliches Lernmodell, d. h. lockere Diskussionsgruppen und mündliche, nicht formalisierte Unterweisung für die aussichtsreichste Methode, Verhaltensänderungen einzuleiten. Sie schreibt darüber:

> «Dieses Modell ist durch eine stark gefühls- und vertrauensbetonte Orientierung bestimmt und beinhaltet eine ständige Interaktion zwischen Lehrenden und Lernenden,

> ohne dass Lernende ihren Lernprozess voll auf der rationalen Ebene durchlaufen. Trotzdem muss eine Anti-Infibulations-Kampagne reich sein an wissenschaftlichen Inhalten (z. B. gesundheitliche Folgen, Anatomie und Physiologie einschliessen und die Verbindung herstellen zwischen einem weit zurückliegenden Ereignis und seinen langfristigen Konsequenzen), die sich, über die Vernunft, der gewaltigen Kraft tiefer und unbewusster kultureller Wurzeln und Motive widersetzen können.» (Cirillo 1989:109, Ü. d. A.)

Unter «Dreifacher Schmerz» [S. 43] habe ich bereits die Frage gestellt, wie in aller Welt gerade diese «wissenschaftlichen Inhalte» an die betroffenen Frauen zu vermitteln wären, besonders an Analphabetinnen. Dass die von Cirillo beschworene «gefühls- und vertrauensbetonte Orientierung» über längere Zeit wirkungsvoller ist als einmaliger Frontalunterricht, leuchtet ein, aber wer hierzulande dieses Vertrauensverhältnis aufbauen kann, ist unklar. Im Zentrum gelang mir das ein Stück weit in meiner Rolle als Mama Charlotte, aber letztlich müssten nicht weisse «Wanderpredigerinnen», sondern somalische Beschneidungsgegnerinnen die Aufgabe übernehmen.

NADEL UND FADEN

Karin Junger zeigt in ihrem Film *Barbarie en Europe* (1992) folgende Szene aus Holland: Die Forscherinnen Koos Bartels und Ineke Haajier sitzen wie zwei Angeklagte vor einer Runde somalischer Matronen in traditioneller Tracht. Diese vertreten einmütig und vehement die Meinung, *gudniin* sei nützlich und obendrein ganz und gar Sache der Somali-Gemeinde in Holland. Die Holländerinnen wirken blass, schmal und verschüchtert, die Somalierinnen schon von der Zahl her übermächtig und eher beängstigend.[1]

Als wir Schweizer Forscherinnen, in der Vorbereitungsphase noch zu

1 Die Szene mag erklären, wie Bartels und Haajier zu ihrer Empfehlung an die niederländische Regierung kamen, als Übergangslösung *sunna pic* (in ihrer Terminologie *incision*) als nichtverstümmelnde, von Ärzten auszuführende Beschneidungsform zu legalisieren, dies gegen die von der WHO vertretene Politik, jegliche Form von Beschneidung und ihre Medikalisierung abzulehnen. Den Vertreterinnen von IAC und FORWARD (Dorkenoo/Ras-Work 1992) gelang es im letzten Moment, an einem Symposium in Leiden Widerstand gegen die Empfehlung von Bartels und Haajiers zu organisieren und die niederländische Regierung zu bewegen, der WHO-konformen, radikalen Linie zu folgen (Minister for Development Cooperation 1992). Auch der holländische Gynäkologe Reyners, der ursprünglich (1989:2560) ebenfalls *incision* legalisieren wollte, ist 1992 dem leidenschaftlichen Appell der Kämpferinnen Dorkenoo und Ras-Work gefolgt.

dritt, eine Liste von sechs idealtypischen Informantinnen mit verschiedenem Profil aufstellten, stand fest, dass wir unbedingt eine radikale Befürworterin von Frauenbeschneidung finden und eingehend befragen müssten. Als ich dann allein ans Forschen ging, hatte ich das Tribunal aus Jungers Film im Hinterkopf und zitterte vor der Begegnung mit einer archetypischen Mama *gudniin*.

Lisa ist jung, schmal und lieblich. Sie empfängt mich im schäbigen Aufenthaltsraum eines Durchgangsheims für Asylsuchende. Sie hat ihre beiden etwa zwei- und vierjährigen Töchterchen bei sich, die sie, mehr als andere somalische Mütter, mit viel zärtlicher Aufmerksamkeit behandelt und dadurch auffällig ruhig hält. Die Heimleiterin nimmt am Gespräch teil, weil ihr Lisa sichtlich am Herzen liegt. Diese sei als einzige Somalierin im Haus sehr isoliert, weil sie mit niemandem reden könne. Sie lerne mit grossem Einsatz Deutsch und frische gleichzeitig im Selbststudium ihre Englischkenntnisse auf.

Wir unterhalten uns auf englisch, etwas stockend, aber Lisas Wunsch nach Kommunikation drückt sich darin aus, dass sie so lange nach Umschreibungen sucht, bis ich zu verstehen glaube und zur Kontrolle anders formuliere, worauf sie entweder fast jauchzend bestätigt, dass ich richtig verstanden habe, oder zu neuen Annäherungen an das von ihr Gemeinte ansetzt. Ich versuche, es Lisa gleichzutun, und das Zusammenspiel klappt so gut, dass es mir rückblickend vorkommt, als habe ein Dialog von Angesicht zu Angesicht stattgefunden, sozusagen unter Umgehung der Sprache.

Ich fühlte mich Lisa sofort sehr nahe. Ich dachte an meine etwa gleichaltrige, behütete und ebenfalls liebliche Tochter und hätte, könnte ich beten, gern gebetet für alle Lisas dieser Welt. Dergestalt sentimental aufgeweicht hätte ich mir nie träumen lassen, dass ich in Lisa meine Befürworterin gefunden haben könnte. Aber es war so.

Lisa schildert zuerst ihre eigene Beschneidung. In Stichworten: schrecklich, keine modernen medizinischen Hilfsmittel, bloss *mal-mal*-Paste [S. 78]. Von der Hochzeit berichtet sie, ihr Mann habe sich geweigert, das Defibulationswerk zu verrichten und habe sie zum Arzt geschickt [Dreifacher Schmerz, S. 43]. Sie begründet sein Verhalten:

«Er liebt mich. Wir lieben einander.»

«Lebt er?»

«Ja! Aber er ist in Algerien, und ich bin in der Schweiz. Man lässt uns nicht zueinander...»

Wir lassen beide den Kopf hängen, Lisa weint leise. Ich klammere mich an die Wissenschaft und frage weiter: «Was hältst du von *gudniin*? Ist das gut?»

Lisa hebt den Kopf und sagt mit Nachdruck: «Nein! Das ist nicht gut!»

Ich nicke ermunternd. Sie fährt fort: «Es ist nicht gut. Aber man muss es machen. Ich werde es machen. Sonst können meine Mädchen nicht heiraten!»

Ich bin wie vom Donner gerührt. Die töchterliche Lisa – Befürworterin! Endlich sage ich lahm: «Weisst du, Lisa, bei uns macht man das nicht. Weil es doch nicht gut ist. Man darf es auch nicht machen. Es ist verboten. Und es macht es auch niemand, kein Arzt, keine Hebamme.»

Lisa antwortet ohne Zögern: «Dann kauf' ich eben Nadel und Faden und mach' es selber!»

Ich schreie fast: «Lisa! Das sollst du doch *mir* nicht sagen!»

Da lächelt mich Lisa schelmisch an, als wollte sie sagen, dass ich ihr schon nichts tun werde. Sie hat ja recht! Und plötzlich lachen wir beide gleichzeitig los, lachen und lachen, bis uns die Tränen kommen. Endlich nehme ich mich zusammen und ermahne Lisa noch ein bisschen. Ermahne sie eigentlich weniger, ihren Vorsatz nicht auszuführen, sondern eher, dabei Vorsicht walten zu lassen. Die zarten Mädchen. Ich möchte sie schützen. Ich möchte aber auch Lisa schützen!

Mit schräg geneigtem Haupt hört mir Lisa zu, lässt sich aber nicht zu mich beschwichtigenden Schwüren verleiten. Beim Abschied umarmen wir einander ganz fest. Und ich fahre in grosser Verwirrung heim, wo meine Tochter irgendwo im Haus mit zwitschernder Stimme telefoniert.

Jedesmal, wenn ich an Lisa denke, frage ich mich, ob ich eine Somali-Mutter anzeigen könnte, weil sie Nadel und Faden gekauft und es selber gemacht hat. Auf Anhieb lautet die Antwort: nein. Dann denke ich an meine Kindergartenkinder im Zentrum. Und die Anwort lautet: ja. Mit der Einschränkung: wenn die Mutter über die Rechtslage in der Schweiz informiert war. Dann denke ich an die medienlastigen Prozesse in Frankreich. Dann sehe ich mich als Gutachterin vor Gericht. Dann verwünsche ich diese Arbeit. Dann schlafe ich nicht.

SUNNA II

Im Gegensatz zu Lisa rauben mir Bella und Anna in keiner Weise den Schlaf. Sie sind, unabhängig voneinander, als Feministinnen beide entschiedene Gegnerinnen von *gudniin* und brauchen starke Worte wie «Blödsinn» und «Schweinerei» für die Praxis, die sie selber erlitten haben. Der Tenor ist: «Meine Töchter – niemals!»

So bin ich einmal mehr vom Donner gerührt, als Bella eines Tages ganz nebenbei erwähnt, sie werde ihren Kinderarzt bitten, an ihrer erstgeborenen Tochter gelegentlich *sunna* zu machen; das Kind sei im richtigen Alter.

Weil ich Bella gut kenne und sehr gut mag, bricht es aus mir heraus: «Bist du eigentlich verrückt geworden? *Sunna*?! Du hast doch immer gesagt, du machst gar nichts!»

Bella, ungerührt: «Reg dich nicht gleich so auf! Doch bloss ein bisschen *sunna*, ein Schnittchen, bis Blut kommt. Das tut ihr nichts!»

«Blut? Was soll denn das?»

Bella wirft den Kopf zurück und beharrt unter unvermeidlicher Berufung auf den Koran darauf, es müsse «dort» einfach Blut fliessen. Ich bin so überwältigt, dass ich nicht weiterfrage.

Später sagt Anna praktisch wörtlich dasselbe: ein Schnittchen, Blut, Koran. Diesmal hake ich nach, weshalb denn «dort» Blut fliessen müsse. Anna wird uncharakteristisch einsilbig und sagt schliesslich unwirsch: «Ich weiss nicht. Aber es muss sein!»

Meine beiden Vorzeige-Gegnerinnen, die am Fernsehen jederzeit ihre befürwortenden Landsfrauen niederschreien würden! In meiner Ratlosigkeit suche ich akademische Erleuchtung und verschlinge ein wortreiches Buch mit dem vielversprechenden Titel *Le sang. Mythes, symboles et réalités* (Roux 1988), welches selbstgefällig umfassende Belesenheit ausbreitet, Opfer, Götter, Männerbünde, Abendmahl und Parzival aneinanderreiht, als Krönung Goethe und seinen «besonderen Saft» beschwört. Der männlichen Beschneidung, die den Bund mit Gott symbolisiere, widmet der Autor sieben Seiten. Klitoridektomie wird auf anderthalb Seiten verharmlosend als Parallele zur männlichen Beschneidung abgehandelt und scheint keine symbolische Bedeutung zu haben.

Ich kann also die Frage nicht beantworten, weshalb «dort» Blut fliessen muss, finde auch die Koranstelle nicht, die mir Anna schuldig geblieben ist. Schliessen Frauen vielleicht doch auch einen Bund mit ihrem Gott? Wäre der *sunna*-Wunsch von Bella und Anna geradezu der feministischen Theologie zuzurechnen? Ich zweifle. Vielleicht ist das Blut überhaupt Nebensache, eine blosse Folge des Schneide-Aktes. Damit lande ich wieder bei einem Satz von Mary Douglas:

> «Was dem menschlichen Fleisch eingeschnitten wird, ist ein Bild der Gesellschaft.» (1988:153)

Gender, das sozial konstruierte Geschlecht. Beide Geschlechter, Männer und Frauen, werden konstruiert. Frauen bloss etwas nachhaltiger, einschneidender. Zum Beispiel durch *gudniin*. Warum? Auch Douglas gibt mir darauf keine Antwort, und ich brüte einmal mehr über einer alten Frage.

PHARAO

Da die Frage Warum? ständig aufkam, setzte ich mich zu Beginn meiner Beschäftigung mit dem Thema Frauenbeschneidung eingehend mit den von verschiedenen afrikanischen Ethnien angeführten Begründungen und mit europäischen Deutungen auseinander (Beck-Karrer 1992a). Auch meinen somalischen Gewährsleuten habe ich die Frage regelmässig gestellt. Ihre Antworten sind in die Abschnitte «Doppelte Jungfräulichkeit» [S. 51], «Reinheit der Frau» [S. 54] und «Kultur» [S. 98] eingeflossen. Ich schlug jeweils weitere, sozusagen physiologische Begründungen vor, wie zum Beispiel: «Wenn man nicht beschneidet, wird die Klitoris so gross wie ein Penis und hängt herunter bis zu den Knien.» Oder: «Wenn man nicht zunäht, gehen Würmer in die Vagina.»

Und erntete nur somalisches Gelächter.

Pia sagte wegwerfend: «Das gibt's doch nicht! Das glauben sie bloss im Sudan!»

Tatsächlich hatte ich mir diese grausigen Vorstellungen nicht selber ausgedacht, sondern von Lightfoot-Kleins (1989) sudanesischen Informantinnen übernommen und verwendete sie, erfolglos, beim Versuch, für Somalia ähnliche Aussagen zu erhalten.

Es gibt auch einige afrikanische Mythen über den Ursprung der Frauenbeschneidung, die ich im dritten Teil [S. 122] nacherzählen werde. Diese Mythen besagen u. a., Vorhaut bzw. Klitoris müssten als Zeichen des anderen Geschlechts entfernt werden, um aus ursprünglich doppelgeschlechtlichen Kindern Frauen und Männer zu machen.

Helander (1988) hat offenbar in Somalia ähnliche Konzepte gefunden: Durch die Entfernung der vorstehenden, harten, männlichen und patrilateralen Teile des weiblichen Genitales werde die Frau wirklich zur Frau, womit aber eigentlich erst die Klitoris-Exzision, nicht aber das Vernähen der Schamlippen erklärt ist.

Mir haben meine somalischen Gewährsleute keine Belege für solche Konzepte geliefert. Es gelang mir auch nicht, ihnen einen bis anhin unbekannten, unpublizierten Mythos zu entlocken, obwohl ich hartnäckig fragte: «Hat man dir als Kind eine Geschichte darüber erzählt? Wer hat das zuerst gemacht und warum?»

Es wollten aber einfach keine Geschichten zum Vorschein kommen, und ich hatte die Hoffnung auf «meinen» Mythos schon aufgegeben, als ich Pia in anderem Zusammenhang nebenbei fragte: «Weshalb heisst es eigentlich pharaonische Beschneidung?»

Sie antwortete zu meinem restlosen Entzücken: «Ich weiss eigentlich nicht. Es gibt da halt so eine Geschichte...» Und erzählte: «Früher lebten die Somali in Ägypten. Einem ägyptischen Pharao wurde prophezeit, es werde demnächst ein somalischer Knabe geboren, der ihn stürzen und ermorden werde. Da liess der Pharao alle somalischen Frauen zunähen, damit sie keine Kinder mehr gebären konnten.»

Nachdem ich mich von meiner ersten Begeisterung über die Entdeckung eines Mythos erholt hatte, begann ich zu nörgeln: «Aber warum haben die Somali diese schlimme Massnahme des Pharao beibehalten? Sie bekommen doch nach wie vor Kinder!»

Pia drehte die Handflächen nach oben: «Die Geschichte ist einfach so und hört so auf, ich weiss nur das.»

Etwas beschämt liess ich ab von ihr. Der Reiz von Geschichten ist ja, dass sie einfach so sind und nicht unbedingt aufgehen. Bloss für mich deutete ich ein wenig weiter und las einen Subtext, nämlich die Botschaft von den starken Somali-Männern [Kamelfleisch, S. 90], denen es gelingt, auch mit zugenähten Frauen Kinder zu zeugen und die Pläne eines nichtsomalischen Pharao zu durchkreuzen.

Irgend etwas kam mir auch bekannt vor an der Geschichte vom Versuch eines Machthabers, die Geburt eines bestimmten Kindes zu verhindern. Nach einem Umweg über die Väter Kronos und Laios, die direkt gegen ihre Söhne Zeus bzw. Ödipus vorgingen und nicht präventiv gegen ein ganzes Volk, fiel mir die gesuchte Geschichte ein: Herodes und die Weisen aus dem Morgenland, der Kindermord von Bethlehem und die Flucht nach Ägypten (Matth. 2.1–18). Das Kind: Jesus, als Prophet Xisse auch den muslimischen Somali bekannt.

Später erfahre ich von Roberto, dass auch der grösste Prophet, Mohammed, hätte verhindert werden sollen: Der Lokalherrscher von Mekka reagierte unblutig auf eine entsprechende Prophezeiung, indem er zum kritischen Zeitpunkt einfach alle Männer aus der Stadt wies. Mohammeds Vater war gerade nicht in Mekka und wusste nichts von der Verordnung. In der entscheidenden Nacht kehrte er ungesehen zurück, wohnte seiner Frau bei, und auch diese Heilsgeschichte nahm ihren Lauf.[1]

Der Topos vom verheissenen, nicht aufzuhaltenden Heilsträger setzt eine Parallele zwischen Jesus, Mohammed und dem Volk der Somali. Ich glaube, dass sich meine Deutung nicht schlecht mit somalischem Selbstwertgefühl verträgt.

1 Ich konnte diese Legende um die Geburt des Propheten allerdings in Eliade (1987) und *Encyclopedia of Islam* (1960) nicht finden.

ARRAWEELO

Während der Arbeit im Kindergarten habe ich mir oft gewünscht, ich könnte durch Vorlesen oder Erzählen von Geschichten innige Ruhepunkte setzen. Ich hätte sowohl europäische Märchen erzählen wollen (zwecks Integration) wie auch somalische (zwecks Erhaltung von Kulturerbe). Beides scheiterte an der Sprachbarriere. Überhaupt kannte ich noch gar keine somalischen Geschichten.

Mirella, die leider nicht regelmässig zum Dienst erschien, erwies sich als hochbegabte Erzählerin. Meine übermütigen Kinder sassen reglos und mit glänzenden Augen zu ihren Füssen und graulten sich lustvoll, denn sie erzählte am liebsten Menschenfresser-Geschichten. Diese drehen sich um die Kannibalinnen Dhegdheer und Xaynwada und bilden eine reiche Sparte in der somalischen Erzähltradition, wie ich seither der Sammlung von Hanghe (1988) entnehmen konnte. Diese hatte ich nicht nur bestellt, um doch noch Märchentante werden zu können für meine somalischen, heute fliessend französisch sprechenden «Enkel», die ich gelegentlich besuche, sondern weil ich noch immer nach Mythen suchte. So stiess ich auf Arraweelo.[1]

Arraweelo ist eine mächtige Königin von riesenhafter Gestalt. Ihre erste Amtshandlung besteht darin, alle Männer zu kastrieren, um ihre Herrschaft zu sichern. Sie hat aber eine Tochter, die sich mit dem einzigen Mann zusammentut, der dem Anschlag ihrer tyrannischen Mutter entgangen ist. Ein Enkel wird geboren, der später seine grässliche Grossmutter tötet und die natürliche Ordnung der Dinge, die Männerherrschaft, wiederherstellt.

Als ich die Kastrationsgeschichte las, glaubte ich, eine heisse Spur gefunden zu haben zu meinem Beschneidungsmythos. Bei Hanghe war in dem Arraweelo-Zyklus allerdings nichts dergleichen nachzuweisen. Aber hatte ich denn die Geschichte von der kastrierenden Königin nicht überhaupt schon anderswo gelesen? Meine unselige Neigung, beim Lesen nichts zu notieren, sondern nur *headnotes* (Ottenberg 1990:144) zu erstellen, führte wieder einmal zu einer langwierigen Jagd nach dem Beleg, der sich endlich bei van der Kwaak (1992:781) fand. Sie erzählt Arraweelos Geschichte bis zum Tod wie oben und berichtet dann, ausdrücklich Dirie (1985) zitierend, wie es nach der glücklichen Befreiung weiterging:

1 Der Sammler und Herausgeber Hanghe merkt an: «Die Vorherrschaft weiblicher Gestalten in der somalischen Folklore ist vielleicht im Zusammenhang zu sehen mit der Theorie, dass in früheren Jahrhunderten die mütterliche Lineage die Grundlage war, auf der die somalische Familie ruhte.» (1988:131, Ü. d. A.)

«Nach ihrem Tod begannen die Männer, die sie beherrscht hatte, aus Rache Frauen durch Infibulation zu verstümmeln.» (1990:781, Ü. d. A.)

Da war er, der somalische Beschneidungsmythos! Saubere Parallelität, archaisches Rachedenken im Sinne von Auge um Auge bzw. Penis um Klitoris.

Ungewöhnlich gewissenhaft überprüfte ich das Zitat und entdeckte einen entscheidenden Unterschied. Dirie schreibt nämlich:

Wer weiss, ob nicht [meine Hervorhebung] nach dem Tod von Arraweelo (wenn sie existiert hat) die Männer begannen, Frauen durch Infibulation zu verstümmeln?». (1985:86, Ü. d. A.)

Dirie formuliert eindeutig eine eigene Hypothese, keinen Topos des Arraweelo-Zyklus. Der Mythos über den Ursprung der Frauenbeschneidung ist also der Zitierkunst einer Ethnologin zu verdanken.

Ich bedaure, dass ich die gewaltige Arraweelo erst kürzlich wiederentdeckt habe und meine Gewährsleute nicht systematisch nach ihr fragte. Als ich mich nämlich bei Roberto und Hawa nach einer Dame namens Arraweelo erkundigte, lachten sie und bestätigten unabhängig voneinander Arraweelos Fortleben: «Jaja – sie hat doch die Männer kastriert, und wir sagen in Somalia ‹Arraweelo› zu einer Feministin, einer Emanze!»

Auch Hanghe merkt an:

«In Diskussionen über kontroverse Themen wie die Emanzipation der Frauen äussern sich Frauen im modernen Somalia oft mit Stolz und Zustimmung darüber, was die legendäre Arraweelo den Männern antat. Sie gilt als unsterbliche Heroine, als Vorkämpferin für die Freiheit der Frauen. So stark ist der Einfluss mündlicher Überlieferungen noch in der somalischen Gesellschaft von heute.» (1988:141, Ü. d. A.)

Hanghe überliefert einige von Arraweelos Ratschlägen an die Frauen:

1. Was immer du am Ende akzeptieren wirst, sollst du zuerst ablehnen.
2. Nie gewähre einem Mann deine Gunst ohne Vorbehalt.
3. Gestehe Fehler ein, aber weine stets, damit du trotzdem Mitleid erntest.
4. Iss stets viel, aber verbirg es, um massvoll zu erscheinen.
5. Sei untreu, aber streite es ab und gib vor, ein reines Gewissen zu haben. (1988:142, Ü. d. A.)

Ich werde mir also fortan Arraweelo-Geschichten erzählen lassen, wenn ich meine Freundinnen besuche, in der Hoffnung, den Ursprungsmythos doch noch nachweisen und sowohl in der Beschneidungs- wie in der *Oral Poetry*-Fachliteratur gleich mehrfach publizieren zu können.

Eine gemeinsame Pilgerfahrt zu einem der über ganz Somalia verstreuten Arraweelo-Gräber, die nach Hanghe (1988:132) von den Männern mit

Steinen beworfen, von den Frauen mit Blumen geschmückt werden, ist uns allen im Moment verwehrt. Ohnehin werden meine Freundinnen viele, allzu viele andere Gräber zu besuchen haben, falls sie je nach Somalia zurückkehren können.

HOMMAGE

Ich hoffe, dass die neunundvierzig Abschnitte erzählter Daten eines klargemacht haben: dass zwischen mir und vielen meiner «Forschungsobjekte» ein, wie ich glaube, gegenseitiges *bonding* stattgefunden hat. Es mag sein, dass meine Neigung zur Identifikation mit «meinen» Somali zum Teil einem ethnologischen Legitimationszwang und einem persönlichen, aktiven und passiven Liebesbedürfnis entsprangen. Vielleicht stellt *bonding* eine Überlebensstrategie dar, die darauf zielt, das Fremde zu entschärfen, Angst ab- und das Ego aufzubauen. Es ist ja entschieden erfreulicher, mit Leuten Umgang zu haben, die man als kongenial und sympathisch empfindet. Unter dem Vorbehalt also, dass unbewusste Harmonisierungswünsche meine Wahrnehmung beeinflussten, empfand ich meine Arbeit mehrheitlich als spannend, befriedigen und lustvoll. Durchaus wider alle Erwartung! Ich war meinen somalischen Gewährsleuten ja im unerfreulichen Kontext *gudniin* begegnet und rechnete mit tausend Widerständen beiderseits. Jedes gemeinsame Lachen, die Frauenrunden mit Pia und Rosa, alle Abende mit Hawa oder Roberto oder beiden zusammen erscheinen deshalb als ein unverhofftes Glück.

Während des Studiums hatte ich meine ethnologischen Fühler ursprünglich in Richtung Indonesien und Madagaskar ausgestreckt. Zu den Somali war ich erst spät gekommen, durch äussere und obendrein traurige Umstände: durch den Bürgerkrieg, der sie in meine Nähe brachte, was nicht nur meiner ausgeprägten Reiseunlust entgegenkam, sondern mich auch zwang, mich praktisch mit dem Thema Frauenbeschneidung zu beschäftigen. So glaubte ich zuerst, dass ich unter der Rubrik «Somali» ausser den Fakten über Frauenbeschneidung nur die Elendsbilder aus der Tagespresse im Kopf hatte. Heute meine ich, dass noch andere, ältere Prägungen bestanden, die mich zu den Somali zogen und das *bonding* förderten.

Es reizt mich schon lange, durch eine Datenerhebung die belletristischen Werke und Mythen zu ermitteln, die meine KollegInnen und mich motiviert haben, Ethnologie zu studieren und bestimmte Felder zu wählen. Der Arbeitstitel: «Bücher im Hinterkopf. Mit Globi und Käpt'n Pum um die

Welt.» Die mythischen Gestalten: She, Tim und Struppi, Robinson Crusoe, Tarzan, Biggels und viele andere, nicht zu vergessen der echt helvetische, rassistische Globi. Vorläufig können aber nur jene Namen genannt werden, die meine eigene Wahl, vielmehr mein Finden und Gefundenwerden, mitbestimmt haben dürften: Tania Blixen und Farah Aden.

Die dänische Schriftstellerin Tania Blixen hatte eine Farm am Fusse der Ngong-Berge in Kenia, wo sie von 1914 bis 1931 lebte (1986a:9). Während der ganzen Zeit war der Somali Farah Aden ihr Haushofmeister und Vertrauter, und sie erweist ihm in ihren Büchern und Briefen mehr Hommage als ihrem Geliebten, dem hinreissenden britischen Aristokraten, Grosswildjäger und Flieger Denys Finch-Hatton[1].

Blixens Afrika-Bücher[2] sind beide aus der (verklärenden) Sicht der Erinnerung geschrieben. Ich lese sie heute, als Ethnologin, kritischer als vor bald zwanzig Jahren. Damals hatten sie mich völlig verzaubert. Bei allen Vorbehalten gegenüber den Spuren kolonialer Überheblichkeit, die Blixen, selber eine relativ gutartige Herrin, mit den meisten ihrer Zeitgenossen teilt, schätze ich Blixen als Dichterin noch immer. Am liebsten würde ich ihr meinerseits Hommage erweisen, indem ich die beiden Kapitel «Die Somalifrauen» (1986a:217–231) und «Farah» (1986b:5–39), aus denen Zeile für Zeile Blixens starkes *bonding* mit «ihren» Somali hervorgeht, liebevoll abschreibe und hier einrücke. Ich beschränke mich auf einen kurzen Ausschnitt:

> «Der Kranz von Somalifrauen in meinem Haushalt wurde später vervollständigt durch ein kleines mutterloses Mädchen, das Farah zu sich nahm, nicht ohne, wie mir scheint, des Vorteils zu gedenken, den sie ihm zur Zeit ihrer Vermählung bringen mochte. [...] Diese Kleine war ein ungewöhnlich lebhaftes und überschwengliches Kind, und es war seltsam zuzuschauen, wie mit den Jahren die älteren Mädchen es in die Hand nahmen und es mit allem Bedacht zu einer Jungfrau comme-il-faut heranbildeten. Als sie zu uns kam, war sie elf Jahre alt und entwischte beständig dem Bann der Familie und trieb sich mit mir herum. Sie ritt mein Pony, sie trug mir mein Gewehr, oder sie rannte mit den Kikuyu-Totos an den Fischweiher, raffte ihre Röcke auf und galoppierte mit ihrem Fangnetz barfuss durch das Uferschilf. [...] Aber mit der Zeit und unter dem Einfluss der erwachsenen Mädchen wurde sie umgewandelt und er-

1 In der Hollywood-Verfilmung mit Meryl Streep und Robert Redford – ich sehe beide sehr gern, weshalb mir der ärgerlich verkürzende Film eben doch gefällt – verdrängt der weisse Denys den schwarzen Diener Farah, der in Blixens Büchern insgeheim, aber deutlich, als eigentlicher Mann ihres Lebens erscheint.

2 *Out of Africa* (1937), deutsch erschienen unter dem grässlichen Titel *Afrika – dunkel lockende Welt* (1986a), und *Shadows on the Grass* (1960), deutsch *Schatten wandern übers Gras* (1986b).

> lebte, selbst bezaubert und gebannt, den Vorgang ihrer Umwandlung. Als wären ihr tatsächlich Gewichte an die Füsse gebunden worden, fing sie an, langsam, ganz langsam zu schreiten, hielt die Augen musterhaft scheu gesenkt und legte ihre Ehre drein, zu verschwinden, sowie ein Fremder sich näherte.» (1986a:218–219)

Der Gang somalischer Frauen! Ich hatte ihn also tatsächlich bereits früher, durch Blixens Augen, gesehen. Blixen scheint allerdings nicht zu wissen,[1] weshalb das Kind plötzlich anders geht. Jedenfalls erwähnt sie Frauenbeschneidung in ihren Büchern nirgends, weder für die Massai und Kikuyu noch für die Somali.

Mir geht Blixens Schilderung nahe, weil ich weiss, dass kein erzieherischer Einfluss, sondern ein chirurgischer Eingriff, *gudniin*, die Mädchenkinder umwandelt. Doppelt nahe, weil ich an den Somali-Kindergarten und meine herrlich turbulenten, von Umwandlung bedrohten somalischen «Enkelinnen» denken muss.

1 Auch Grassivaro Gallo (1986) gesteht, sie habe, nach fast zehn Jahren wissenschaftlicher Arbeit über biologische und psychologische Themen in Somalia, erst 1981 in Europa Kenntnis bekommen von Frauenbeschneidung, insbesondere von der somalischen Infibulationspraxis. Darauf nahm sie ihre grossangelegte Studie in Angriff, welche mit zahlreichen Interviews und Fragebogen die Erfahrungen und Haltungen verschiedenster Gruppen erhebt und statistisch aufschlüsselt.

Ergebnisse und Nachgedanken

DIE GESPRÄCHE IN ZAHLEN

Bevor ich einige Vorschläge zur Präventionsarbeit formuliere, möchte ich kurz den Umfang meiner Forschungen darstellen.

Gewährsleute

Im Integrationszentrum habe ich mit einer Ausnahme alle erwachsenen Frauen (über 16 Jahre) befragt. Eine alleinstehende Frau, die sich betont modern und westlich gab, hätte ich gern zuletzt befragt. Sie war dann aber leider für niemanden mehr ansprechbar, weil sie sich aus Gründen, die nicht mit mir zusammenhingen, in einen Hass gegen alles und alle hineingesteigert hatte. Ein Gespräch führte ich mit einem etwa fünfzehnjährigen Mädchen [Brava, S. 70]. Mit neun weiteren Somali in der Schweiz sprach ich ausserhalb des Zentrums.

	Frauen	Männer	Total
Zentrum	21	6	27
Schweiz	7	2	9
Total	**28**	**8**	**36**

Beschneidungsformen

Die folgenden Zahlen beruhen auf den Angaben aller Frauen über ihre eigene Beschneidungsform und auf den Angaben der Mütter über ihre bereits geborenen Töchter. Ich verwende hier die Begriffe «Inzision» (Ritzen oder Stechen der Klitoris, bis Blut fliesst) und «Exzision» (Entfernung der Klitoris ohne Beschneidung der kleinen Schamlippen). Beide Formen laufen, wie bereits erwähnt, im somalischen Sprachgebrauch unter *sunna*, so dass ich regelmässig mit Hilfe der von Rosa geprägen Begriffe *sunna pic* (Inzision) und *sunna schnipp* (Exzision) nachfragen musste, um Klarheit zu schaffen.

	unbeschnitten	Inzision	Exzision	*gudniin*	Total
Frauen >16 J.	1	–	2	25	28
Mädchen >6 J.	–	–	5	4	9
Mädchen <6 J.	10	–	2	–	12
Total	11	0	9	29	49

Zukunft der unbeschnittenen Mädchen

Die Mütter der zehn unbeschnittenen Mädchen unter sechs Jahren erklärten, für ihre Töchter folgende Beschneidungsform vorzusehen:

Keine Beschneidung	1
Inzision	5
Exzision	2
gudniin	2
Total	10

Dieses Ergebnis weist auf eine Tendenz in, *gudniin* durch leichtere Beschneidungsformen zu ersetzen, die Praxis aber nicht ganz aufzugeben.

Die Ungeborenen

Alle Frauen habe ich gefragt, welche Beschneidungsform sie wählen würden, falls sie als kinderlose Frau oder als Mutter eines Sohnes erstmals eine Tochter bzw. als Mutter einer Tochter weitere Töchter gebären sollten. Die Antworten lauteten wie folgt:

Keine Beschneidung	6
Inzision	8
Exzision	11
gudniin	1
unentschieden	2
Total	**28**

Dieses Ergebnis bestätigt die festgestellte Tendenz, leichtere Beschneidungsformen zu wählen:

- Nur eine Frau will an *gudniin* festhalten.
- Zwei Mütter, die ihre insgesamt vier Töchter exzisieren liessen, wollen in Zukunft einer Inzision den Vorzug geben.
- Die Mutter einer infibulierten Tochter bekennt sich heute ebenfalls zur Inzision.
- Die alte Gianna, deren erwachsene Tochter infibuliert ist, votiert für Exzision.

Bei allen Antworten ist zu bedenken, dass die Aussagen in der Befragungssituation unter dem Einfluss meiner «Agitation» zustande kamen und möglicherweise entsprechend milder ausfielen.

PRÄVENTION VON FRAUENBESCHNEIDUNG IN DER MIGRATION

In der Einleitung nannte ich zwei Bereiche, in denen, aus europäischer Sicht, im Zusammenhang mit der Migration somalischer Frauen und Mädchen Probleme aufkommen, und äusserte den Wunsch, durch meine Arbeit einen Beitrag zur Lösung dieser Probleme leisten zu können.

Im Bereich der adäquaten medizinischen, vor allem gynäkologischen Versorgung infibulierter Frauen sind erste Schritte bereits getan, indem die Aussagen meiner somalischen Gewährsleute in die *antagem*-Broschüre für ÄrztInnen (1994b) einflossen (Anhang 2).

Die Prävention von Beschneidung in der Schweiz lebender Mädchen ist wesentlich schwieriger. Im Schweizer Somali-Netz mag die von mir bei meinen Gesprächen betriebene «Ad-hoc-Agitation» ein erstes Nachdenken ausgelöst haben.

Zwei Artikel (Beck-Karrer 1994, 1995 a), die nach zähen Verhandlungen in den breitgestreuten offiziellen Publikationsorganen des BAG (Bundesamt für Gesundheitswesen) und des BFF (Bundesamt für Flüchtlinge) plaziert werden konnten, haben gesamtschweizerisch eine Anzahl von Personen erreicht, die entweder im Gesundheits- oder im Asylbereich arbeiten und dort unter Umständen mit Frauenbeschneidung konfrontiert sind.

Die Sensibilisierung von Schweizer Kontaktpersonen bedeutet aber nur einen ersten, kleinen Schritt in Richtung Prävention. Meines Erachtens ist es schwierig, darüber hinausgehende, nachhaltige Präventionsstrategien zu entwickeln und anzuwenden. So kann ich keine Rezepte anbieten, sondern nur thesenartig einige Punkte wiederholen, die sich in meinen Gesprächen herauskristallisiert haben und für die Prävention von Bedeutung sein mögen:

1. Eine Mehrheit der von mir befragten Somali will die Beschneidungspraxis nicht ganz aufgeben. Prävention ist also notwendig.
2. Es ist eine Tendenz zu erkennen, die von *gudniin* (Infibulation) weg zur Exzision bzw. Inzision führt. Auch diese beiden milderen Formen von Frauenbeschneidung sind aber in der Schweiz illegal, was an sich reformwilligen Eltern unverständlich sein könnte.
3. Es besteht die Gefahr, dass *gudniin* in der Migration zu einem Mittel wird, die ethnisch-kulturelle Identität zu wahren.
4. Es ist denkbar, dass sich unsere Justiz mit der Frage zu beschäftigen haben wird, ob ein schützenswertes Recht auf Beschneidung bestehe.
5. Die Information, dass *gudniin* als vorsätzliche schwere Körperverletzung strafbar ist, dürfte sich im Somali-Netz rasch und ohne besondere Massnahmen verbreiten. Es wird sich aber erst in Zukunft zeigen, ob die Somali-Gemeinde dafür optiert, den Eingriff zu unterlassen oder damit in die Illegalität auszuweichen.
6. Unter dem Druck schweizerischer Instanzen könnte der Eingriff von den Eltern also selber bzw. von europäischen oder somalischen «SpezialistInnen» illegal und unter zweifelhaften medizinischen Bedingungen vorgenommen werden.
7. Ich verspreche mir für eine wirksame Prävention mehr von informierter Wachsamkeit und gezielter Überzeugungsarbeit durch schweizerische und somalische Vertrauenspersonen als von medienlastigen Prozessen, wie sie in Frankreich durchgeführt wurden.
8. Viele gynäkologische Probleme werden von den betroffenen Frauen nicht direkt mit Infibulation in Zusammenhang gebracht. Sie müssten in der Präventionsarbeit in einleuchtender Form thematisiert und als Argument eingesetzt werden.

9. *Gudniin* darf und kann, natürlich mit dem nötigen Respekt vor der kulturbedingten Haltung der Somali, durchaus von europäischen Kontaktpersonen thematisiert werden, sei es im Zusammenhang mit gynäkologischen Problemen, sei es im Kontext Prävention. Es wird als entlastend empfunden, wenn die Praxis bereits bekannt ist.
10. Es ist wünschenswert, dass sich ÄrztInnen, besonders der Fachrichtungen Pädiatrie, Gynäkologie und Geburtshilfe, mit der Beschneidungsproblematik befassen, um präventiv wirken zu können.
11. Obwohl die meisten Somali wissen, dass der Koran keine Form von Frauenbeschneidung vorschreibt, müsste das religiöse Argument gegen die Praxis in der Diaspora von prominenten Muslimen gestützt werden.

NACHGEDANKEN

Meine Einsichten habe ich zwar im Feld gewonnen, aber es ist mir ständig bewusst, dass ich sie noch nirgends konkret eingesetzt und erprobt habe. Noch war ich ja nicht mit dem Ernstfall konfrontiert. Noch kann ich hoffen, dass alle kleinen Somali-Mädchen im Exil in multikultureller Kinderschar unversehrt «mit ihrem Fangnetz barfuss durchs Uferschilf galoppieren» (Blixen 1986a: 219). Aber manchmal versagt diese fromme Hoffnung. Dann geraten die Nachgedanken zu Nachtgedanken: wenn ich mir vorstelle, als Gast oder Gastgeberin im Somali-Netz konkrete Informationen über Beschneidungen und/oder BeschneiderInnen in der Schweiz zu erhalten und mich entscheiden zu müssen, ob ich Anzeige erstatte oder nicht. Wenn ich daran denke, dass es zu einem Prozess kommen könnte. Wenn ich mir den prozessbegleitenden Medienrummel ausmale, der fast unweigerlich eine rassistische Färbung annehmen (Erlich 1991) und die Praxis «barbarisch»[1] nennen wird. Wenn ich mir überlege, wie ich eine Praxis, die ich als mitteleuropäische Frau nach wie vor schlimm und sinnlos finde, als ethnologische Gutachterin im Interesse somalischer, mir womöglich innig vertrauter MigrantInnen vor einem Gericht erklären und verteidigen müsste.

Bei Tag, schreibend, verscheuche ich die (sentimentalen) Nachtgedanken und gewinne die Gewissheit, dass ich niemanden anzeigen würde. Ich will zwar, von meiner Sache überzeugt, weiterhin Agitation betreiben, wo

1 «Jeder nennt Barbarei, was nicht sein Gebrauch ist.» (Montaigne, zit. nach Erlich 1990).

und wie ich kann, werde aber, unter Berufung auf mein Berufsgeheimnis, heisse Tips für mich behalten. Vor Gericht, sollte es je soweit kommen, würde ich, alle Register des Wissens und der Beredsamkeit ziehend, die somalische Sicht der Dinge darstellen und die *Double-bind*-Klemme ertragen, die in dieser Sache unvermeidlich ist.

Die Ethnologin Anne Raulin schreibt in ihrem wohltuend differenzierten Aufsatz «Problèmes éthiques d'une recherche en sciences sociales: l'excision et sa présence en France» (Ethische Probleme einer sozialwissenschaftlichen Forschung: Exzision und ihr Vorkommen in Frankreich):

> «Als Anthropologin auf eine institutionelle Fragestellung einzugehen, die durch die öffentliche Meinung vorgeformt ist, bedeutet, sich in eine *Double-bind*-Situation, unter das Diktat eines Paradoxes zu begeben (man will dieses Wissen und will es gleichzeitig nicht) oder, vielmehr, mit einer entschieden widersprüchlichen Situation umgehen zu müssen.» (1990:161, Ü. d. A.)

AFRIKANISCHE GESCHICHTEN ÜBER DEN URSPRUNG DER BESCHNEIDUNG [1]

Ich deutete bereits an, dass ich noch immer auf der Suche nach Mythen bin. Vielleicht möchte ich mich von den realen Biographien befreundeter Frauen lösen und mit der magischen Formel «Es war einmal –» aus den Schrecken der Gegenwart in eine mythische Vergangenheit fliehen.

Ogun und Olure (Benin)

Die erste Geschichte entnehme ich dem Buch *L'apprentissage de la sexualité dans les contes d'Afrique de l'Ouest* von Suzanne Lallemand. Die Autorin sagt dazu:

> «Bemerkenswert ist, dass diese Geschichte ausdrücklich Bezug nimmt auf die Klitoridektomie und deshalb in der mündlichen Erzähltradition noch aussergewöhnlich ist.» (1985:178, Ü. d. A.)

1 Die Nacherzählungen sind aus meiner Arbeit «Frauenbeschneidung in Afrika» (Beck-Karrer 1992a) übernommen und leicht überarbeitet. Sie beruhen auf den jeweils angegebenen Berichten nichtafrikanischer EthnologInnen.

Dieser Umstand ist tatsächlich auffällig, denn Lallemands Buch versammelt lauter Zeugnisse eines uns völlig unbekannten Genres, von (auch für Kinder bestimmten) Aufklärungsgeschichten, die u. a. von den grotesken und sehr freizügigen Abenteuern der Protagonisten «Herr Schwanz», «Vetter Hodensack» und «Frau Scheide» erzählen. Woher das grosse Schweigen über «Fräulein Klitoris» (wie sie mutmasslich hiesse) und ihr in Westafrika allgegenwärtiges trauriges Schicksal? Wird ihre Geschichte nur erzählt, wenn keine EthnologInnen mitschreiben, die sich über Frauenbeschneidung bekanntlich immer so entsetzen?

Hier nun die Geschichte in der Fassung von Suzanne Lallemand:

> «Der Gott Olorun setzte mit seiner Frau Olure den Sohn Ogun auf die Welt und sagte ihnen, sie sollten auf die Erde heruntersteigen. Olure will nicht, dass Ogun mit ihr kommt. Ogun bleibt im Himmel. Olure macht sich auf und stösst auf einen sehr grossen Baum, der quer über den Weg gefallen ist. Sie geht zu Olorun zurück und verlangt, dass Ogun kommt und den Baum zerhackt. Ogun zerhackt den Baum und macht den Weg frei. Olure sitzt mit gespreizten Beinen dabei, und ein Holzstück splittert ab und dringt in ihre Vagina ein. Ogun kehrt zu Olorun zurück, und Olure geht Richtung Erde, aber der Holzsplitter tut ihr weh, sie kann nicht mehr weitergehen. Sie kehrt zu Olorun zurück, damit Ogun sie von dem Holzstück befreie. Ogun fragt, ob sie ihn heiraten würde, und sie ist einverstanden. [...] Ogun entfernt den Splitter, es bleibt eine Narbe zurück. Das ist der Ursprung der Exzision. Olure wird Oguns Frau, und Olorun befiehlt beiden, auf die Erde hinunterzusteigen. [...] Sie gehen nach Ekiti Ado. Ogun schläft mit Olure, aber weil das Sperma nicht schnell genug herauskommt, schneidet Ogun die Spitze seines Penis ab; das ist der Ursprung der Männerbeschneidung.» (1985: 177–178, Ü. d. A.)

Faro, Pemba und Mousso Koroni (Bambara)

Die Geschichte von Faro, Pemba und Mousso Koroni habe ich dem Buch *Essai sur la Religion Bambara* von Germaine Dieterlen (1951) entnommen. Sie ist dort mit vielen anderen Geschichten verwoben. Ich habe die einzelnen Erzählstränge herausgelöst und erzähle sie in meinen Worten nach:

Die Götter Faro und Pemba sind beide aus dem Welt-Ei hervorgegangen (darüber erzähle ich ein anderes Mal). Faro herrscht am Himmel, kommt als Regen aber auch auf die Erde und ist in allen Wassern gegenwärtig. Er ist ein Zwitterwesen und kontrolliert als Wassergeist die Fruchtbarkeit aller Lebewesen. Pemba gehört zur Erde, der er ihre Gestalt gab. Er inkarniert sich auf ihr als Balanza-Baum, einer Akazie, die in keinem Bambara-Dorf fehlt. Ursprünglich auch ein Zwitter, spaltete Pemba seine weibliche Seite ab und erschuf in seiner Gestalt als Balanza-Baum aus sich heraus Mousso Koroni. Mousso Koroni hatte eine Tierbrust, lange Ohren und einen Schwanz, war aber sonst wie eine Menschenfrau. Pemba paarte sich mit ihr, und sie gebar ihm Menschen und Tiere. Bei der ersten Vereinigung aber hatte sich Mousso Koroni an dem rauhen Balanza-Baum verletzt und ihre Klitoris verloren. So kam durch einen Unfall die Beschneidung der Frauen in die Welt.

Pemba-Balanza wollte sich dann nicht mehr mit Mousso Koroni begnügen. Es gelüstete ihn nach den Frauen der Menschen. Sie mussten sich mit ihm paaren, und er ernährte sich von ihren Säften. Manche glauben, dass die Menschenfrauen wie Mousso Koroni am Balanza-Baum die Klitoris verloren, vielleicht auch die Menstruation bekamen davon. Pemba verlangte nämlich jetzt auch Blut, und man musste alle Jungfrauen zu ihm bringen zur Defloration. Schliesslich mussten sogar die Männer den Balanza-Baum mit Blut nähren, das sie sich aus den Adern abzapften; vielleicht kam das Blut auch aus dem beschnittenen Penis. Dafür verjüngte Pemba die Männer (und wahrscheinlich auch die Frauen) jedesmal, wenn sie Blut gaben, und der Tod war noch unbekannt.

Mousso Koroni aber wurde vor Eifersucht über Pembas Treiben mit den Menschenfrauen wahnsinnig, irrte über die Erde und verunreinigte sie. Um sich zu rächen, beschnitt sie alle Menschen, die sie antraf, Männer und Frauen, mit ihren Krallen, verriet ihnen aber auch Pembas Geheimnisse, darunter die Technik des Feldbaus. So entstand aus etwas Bösem auch etwas Gutes.

Pemba und Faro verfolgten Mousso Koroni, doch sie hatte ihr Werk schon getan. Pembas Treiben war unterdessen aber auch Faro zuviel geworden. Er verbot, dass sich die Frauen mit dem Balanza-Baum paarten und die Männer ihr Blut opferten. Da wurde niemand mehr verjüngt, und der Tod kam in die Welt.

Faro besiegte Pemba im Kampf und ordnete dann die Welt so, wie sie heute ist. In dieser Geschichte wird der Ursprung der Frauenbeschneidung zweimal erzählt, weil man nicht mehr sicher weiss, wie es war.

Von der durch Eifersucht toll gewordenen Mousso Koroni ging als ihr «Wort» eine böse Kraft aus, das Wanzo, mit dem sie alles, was sie berührte, verunreinigte. Bei den Kindern der Menschen sammelte sich die Wanzo-Kraft in der Klitoris der Mädchen und in der Vorhaut der Knaben. Deshalb beschnitten die Menschen ihre Kinder und reinigten sie so vom Wanzo, welches dann in die Masken des N'domo-Bundes der Unbeschnittenen übergeht und dort gebannt bleibt. Gleichzeitig muss man Vorhaut und Klitoris auch für den Sitz des Weiblichen im Mann, des Männlichen in der Frau halten. Es sind nämlich alle Menschen bei der Geburt von doppeltem Geschlecht. Wahrscheinlich von Faro, dem Gott der Fruchtbarkeit, lernten die Menschen, ihre Kinder zu beschneiden, um sie eindeutig zu Frauen und Männern und damit auch fruchtbar zu machen.
Auch in dieser Geschichte wird gleich zweimal erzählt, weshalb man bis heute beschneidet und wie wichtig das ist.

Amma und die ersten Nommo (Dogon)

Diese und die folgenden Geschichten (und viele andere, die ein andermal erzählt werden müssen) hat der blinde Greis Ogotemmeli, ein Eingeweihter der Dogon, im Jahr 1946 dem Franzosen Marcel Griaule (1966) erzählt. Als zögere er, sein Wissen preiszugeben, erzählte Ogotemmeli seine Geschichten in Bruchstücken, und manchmal erzählte er listig zuerst das Ende, den Anfang aber erst viele Tage später. Es ist, als webe er Streifen, welche der Zuhörer zu einem Ganzen zusammennähen muss. So werden nämlich die schönen Decken gemacht, unter denen die Dogon schlafen, bis man sie endlich darin eingehüllt ins Grab legt.

Der Gott Amma schuf die Erde aus einem Lehmkloss. Sie lag vor ihm nach Norden und Süden, Osten und Westen ausgestreckt, das Gesicht gegen den Himmel gerichtet, wie eine Frau. Ihr Geschlecht war ein Ameisenhügel, ihre Klitoris ein Termitenkegel. Amma, der allein war, näherte sich ihr, um sich mit ihr zu vereinigen. Da richtete sich der Termitenbau auf, versperrte den Zugang und zeigte seine Männlichkeit; die Vereinigung konnte nicht stattfinden. Aber Amma ist allmächtig. Er schlug den Termitenhügel ab und drang in die Erde ein. Das ist der Ursprung der Klitorisbeschneidung. Damit kam die erste Unordnung in die Welt, denn an Stelle eines Zwillingspaares, wie es normal gewesen wäre, gebar die Erde ein Einzelkind, den Fuchs, mit dem sich das Unheil fort-

setzte. Weil er allein war, vergewaltigte er nämlich später seine eigene Mutter, die Erde. Dabei riss er ein Stück ihrer Gebärmutter heraus. Das war der Ursprung der Menstruation. Später kam durch den Fuchs auch der Tod in die Welt. Dafür hilft er den Menschen durch Weissagung. Dies sind aber andere Geschichten.
Amma selber vereinigte sich wieder mit der Erde. Weil nach der Exzision nun kein Hindernis mehr bestand, gebar die Erde vollkommene Zwillinge, Bruder und Schwester, das erste göttliche Nommo-Paar.
Nach dieser Geschichte kam also alles Unheil, auch die Beschneidung, in die Welt durch Amma, den höchsten Gott, der Gutes wie Böses bewirkt.

Die ersten Nommo (es folgten später noch sieben weitere Nommo-Paare) erschufen das erste Menschenpaar aus Lehm. Dann zeichneten die Nommo auf den Boden zwei Schatten, einen weiblichen und einen männlichen. Der Menschenmann legte sich darauf und nahm sie beide auf, und die Menschenfrau tat dasselbe. So hat von Anbeginn jeder Mensch zwei Seelen, eine weibliche und eine männliche. Beim Mann sitzt das Weibliche in der Vorhaut, bei der Frau das Männliche in der Klitoris. Die Nommo aber sahen, dass diese Doppelnatur für die Menschen ungeschickt sei und dass eine Entscheidung getroffen werden müsse für das eine oder andere Geschlecht, das ja in der körperlichen Gestalt von Geburt an vorgezeichnet ist. Deshalb beschnitten die Nommo den Mann an der Vorhaut, die sich in eine Eidechse verwandelte, die Frau an der Klitoris, die sich in einen Skorpion verwandelte.
Das Blut, das bei der Beschneidung fliesst, ist gleichzeitig eine Opfergabe an die Nommo, die die Menschen erschaffen haben, an die Ahnen, von denen die Menschen abstammen, und an die Erde, aus der sie gemacht sind. Mit dem irdischen Ursprung haben die Menschen aber auch irgendwie eine böse Kraft aufgenommen, die sich in Klitoris und Vorhaut sammelt. So ist die Beschneidung auch eine Reinigung. Drei Dinge werden also bewirkt: die Festlegung des Geschlechts, ein Opfer, eine Reinigung.
Trotz der Beschneidung sind die Menschen aber nicht gänzlich von ihrer gegengeschlechtlichen Seele getrennt. Die Männer behalten eine winzige weibliche Seele, die sie mit der Eidechse gemeinsam haben.

Die Frauen behalten wohl ebenfalls eine winzige männliche Seele, die sie mit dem Skorpion teilen. Darüber hat aber Ogotemmeli nichts erzählt, oder Marcel Griaule hat es nicht aufgeschrieben. Beide waren eben Männer.

Als sei er nicht ganz zufrieden mit den bisher erzählten Beschneidungsgeschichten, wob Ogotemmeli ein weiteres Band, bei dem er aber, wie es seine Art war, das Ende offenliess:

> Als die erste Menschenfrau ihre ersten Zwillinge gebar, sammelte sich das Leiden der Geburt in ihrer Klitoris, die, von einer unsichtbaren Hand herausgelöst, sich von ihr entfernte und in einen Skorpion verwandelte. Die Klitoris entspricht nämlich in verschiedener (uns vielleicht dunkler) Weise einem Skorpion: Ihr Wasser ist das Gift, ihr Blut der Schmerz, und wie damals jener Termitenhügel würde sie sich aufrichten und den Mann, der sich der Frau nähern möchte, stechen und töten, wie eben der Stachel eines Skorpions.
> Bereits vor der ersten Geburt hatten übrigens die Nommo den Menschenmann beschnitten. Wie wir wissen, verwandelte sich die Vorhaut in eine Eidechse. Auch die Eidechse steht für verschiedene Entsprechungen: Für das Weibliche im Mann, für den Schmerz der Beschneidung und nun auch für die Notwendigkeit, dass der Mann an seinem Geschlecht ebenso leiden müsse wie die Frau beim Gebären.

Die Menstruation scheinen Ogotemmeli und Griaule vergessen zu haben. Trotzdem ist es eine schöne Geschichte, die die beiden Männer in diesem letzten Anlauf erzählen.

Das Ende der Beschneidung

Und so würde ich persönlich die letzte Geschichte, von besseren Zeiten träumend, weiter erzählen:

> Die unsichtbare Hand war nämlich die Hand des ersten Dogon-Mannes, der in seiner Angst bei der ersten Zwillingsgeburt zum Messer griff und schnitt, im Glauben, damit seiner Frau und seinen Kindern zu helfen. Später beschnitt er sich selber und seine Söhne am Penis, um symbolisch die Teilnahme der Männer am Schmerz der Frauen zu bezeugen, was dann alle männlichen Nachkommen weiterhin taten. Und die Dogon-Frauen beschnitt man fortan vorsorglich schon als Mädchen, um ihnen das Gebären einmal leicht zu machen.
> Als die Dogon lernten, dass sie damit gar nichts ausrichteten in der Geburtshilfe, sondern ihre Frauen nur verdarben, und hörten, dass eine Klitoris, die sich aufrichte, keinen Mann zu Tode steche, sondern die

Liebesfreude der Frauen anzeige, kamen Dogon-Frauen und -Männer überein, ihre Töchter nicht mehr zu beschneiden. Einige Männer wollten weiterhin mit dem Beschneidungszeichen an ihrem Geschlecht den Wunsch bezeugen, mit den Frauen nicht nur die Lust, sondern auch den Schmerz zu teilen. Das freute die Frauen, aber sie bestanden nicht auf dem Zeichen, obwohl es weder Frauen- noch Männerlust behindert. Sie waren nämlich der Meinung, eigener werde nicht durch fremden Schmerz gelindert.

Und so lebten sie alle vergnügt bis an ihr Ende.

Anhang

1 HINTERGRUNDINFORMATIONEN ÜBER FRAUENBESCHNEIDUNG

(aus *antagem* 1994a)

Verbreitung der Beschneidungsformen von Frauen in Afrika und·Nachbargebieten

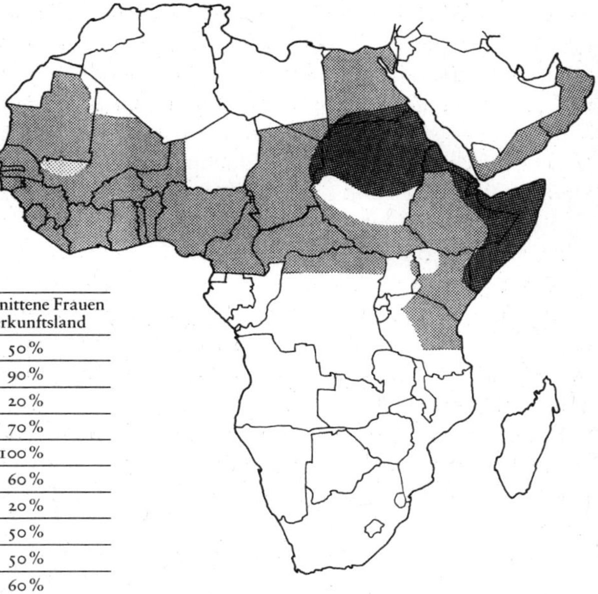

Herkunftsland	% beschnittene Frauen im Herkunftsland
Ägypten	50 %
Äthiopien	90 %
Benin	20 %
Burkina Faso	70 %
Dschibuti	100 %
Elfenbeinküste	60 %
Ghana	20 %
Guinea	50 %
Guinea-Bissau	50 %
Kenia	60 %
Liberia	20 %
Mali	90 %
Mauretanien	25 %
Niger	20 %
Nigeria	50 %
Senegal	50 %
Sierra Leone	90 %
Somalia	100 %
Sudan	90 %
Tansania	10 %
Togo	20 %
Tschad	20 %
Uganda	5 %
Zaire	5 %
Zentralafrikanische Republik	20 %

Infibulation betrifft fast alle Frauen

Exzision oder *sunna* weit verbreitet

Exzision und Infibulation weit verbreitet

Quelle: MINORITY RIGHTS GROUP INTERNATIONAL REPORT 1992/3:23

Bearbeitung: Dominique Béguin Stöckli

Begründungen

Die meisten Gruppen, die Frauen bzw. Mädchen beschneiden/genital verstümmeln, berufen sich auf ihre kulturelle Tradition («bei uns macht man es so, hat man es immer so gemacht»). Einige kennen Mythen, die den Ursprung der Praxis «erklären». Einige glauben, erst durch Beschneidung werde die Geschlechtsidentität (von Männern und Frauen) endgültig festgelegt. Für andere ist die Klitoris ein «Stachel», der für Mann und Kind gefährlich werden kann. Andernorts ist Beschneidung fester Bestandteil eines mehr oder weniger umfangreichen Initationsrituals, markiert den Übergang vom Mädchen zur Frau, bringt Heiratsfähigkeit und Statusgewinn; diese Rituale gehen allerdings heute zunehmend verloren. Wo man weibliche Sexualität als «wild» und «heiss» auffasst, wird eine Dämpfung dieser sozial gefährlichen Kraft bewusst angestrebt. Andern gelten die weiblichen Genitalien als unschön und/oder unrein und müssen operativ korrigiert werden. Infibulation soll Jungfräulichkeit vor Verführung und Vergewaltigung schützen, die Familienehre bewahren und einem Mann die Gewissheit geben, bei seiner Braut der erste zu sein. Der Volksislam versteht Frauenbeschneidung als religiöses Gebot, obwohl der Koran diese weder vorschreibt noch verbietet.

Es gibt somit keine einheitliche, für Aussenstehende wohl auch keine einleuchtende Erklärung für die Praxis, deren Ursprung historisch und geographisch im Ungewissen liegt.

Techniken

Sunna-Beschneidung: «Mildeste» Form. Als *sunna* gelten Beschneidung der Klitorisvorhaut, der Klitorisspitze oder der ganzen Klitoris. Wenn also eine Frau sagt, sie habe eine *sunna*, steht das Ausmass des Eingriffs noch nicht fest.

Exzision: Die Klitoris wird herausgeschnitten. Zusätzlich werden die kleinen Schamlippen weggeschnitten, manchmal auch die grossen Schamlippen gestutzt oder ganz entfernt.

Infibulation/Pharaonische Beschneidung: Radikalste Beschneidungsform. Klitoris und kleine Schamlippen werden ganz entfernt. Die grossen Schamlippen werden ausgeschabt, dann mit Dornen zusammengeheftet oder mit Ziegendarm (in der Arztpraxis mit Chirurgenfaden) so vernäht, dass für

Urin und Menstrualblut nur eine «hirsekorngrosse» Öffnung bleibt. Um den Geschlechtsverkehr zu ermöglichen, muss der Ehemann seine Frau mit dem Penis «öffnen» (Defibulation). Oft dauert dieser für beide Teile qualvolle Prozess Wochen oder Monate. Notfalls verwendet der Mann selber ein Messer oder bringt seine Frau zu einer Hebamme oder einem Arzt.

Bei einer Geburt muss erneut geschnitten werden, um den Austritt des Kindes zu ermöglichen. Unmittelbar nach der Geburt wird die Frau zurückgenäht, manchmal auf «Frauengrösse», die den Koitus zulässt, manchmal aber ganz eng auf «Jungfrauengrösse» (Reinfibulation), worauf der Ehemann seine Frau erneut «öffnet». Frauen begründen diese Prozedur mit der Hoffnung, ihre (z. T. polygynen) Männer eher halten zu können, wenn sie sich möglichst eng und wie neu herrichten lassen. Da sie nach dem Gebot ihrer Kultur und Religion traditionsgemäss viele Kinder gebären müssen und wollen, häufen sich die chirurgischen Eingriffe und damit die Schmerzen und Risiken.

Folgen

Bei der Operation: Durch Ungeschick der BeschneiderInnen oder Widerstand des Mädchens werden umliegende Organe wie Harnleiter, Blase, Darm, Damm und Vagina verletzt. Wenn mehrere Mädchen hintereinander mit dem gleichen, unsterilen Instrument beschnitten werden, besteht Gefahr der Übertragung von HIV und anderen Krankheitserregern. Todesfälle durch unstillbare Blutungen und Wundschock.

Während der Heilungsphase: Brennende Schmerzen beim Wasserlassen, Urinretention während Tagen, Entzündungen im ganzen Urogenitalbereich. Schlechte Wundheilung oder exzessive Narbenbildung mit teilweisem oder totalem Verschluss der Vulva auch wo dieser, z. B. bei Exzision (vgl. Beschneidungstechniken), nicht beabsichtigt ist. Bei Infibulation Nachoperationen, falls die verbliebene Öffnung zu klein oder zu gross ist. Todesfälle durch Tetanus und Wundfieber.

Langzeitfolgen: Chronische Entzündungen von Harnwegen, Vagina, Uterus, Eileitern und Eierstöcken, die u. U. zu Sterilität führen. Verlust der Klitoris bedeutet Verminderung oder Verlust der Orgasmusfähigkeit. Unelastisches Narbengewebe im Bereich der Vaginalöffnung bringt Schmerzen (und möglicherweise Unlust) beim Geschlechtsverkehr, bei Geburten ein erhöhtes, manchmal tödliches Risiko für Mutter und Kind.

Nach Infibulation kann die winzige Öffnung Stauungen von Urin und Menstrualblut verursachen mit Gefahr einer chronischen Infektion des gesamten Unterleibs. Infibulation verhindert fast in jedem Fall normale Geburten; es muss meist geschnitten und wieder genäht werden. Für infibulierte Frauen erhöht sich auch das Aids-Risiko durch Verletzungen im Genitalbereich beim Geschlechtsverkehr und durch operative Eingriffe bei jeder Geburt.

Psychische Folgen sind wenig erforscht. Einige Frauen beschreiben die Erfahrung als nachhaltig traumatisch. Auswirkungen auf die psychosexuelle Entwicklung sind wahrscheinlich, auch unter dem Vorbehalt, dass ein mit allen andern Frauen der eigenen Gruppe geteiltes Frauenlos wohl psychisch besser verarbeitet und ertragen wird. Langzeitfolgen werden sehr oft überhaupt nicht mit der Beschneidung in Zusammenhang gebracht, sondern als normale Frauenleiden, gottgewolltes Schicksal oder Strafe für ein Vergehen aufgefasst.

2 SPEZIELLE PROBLEME BEI INFIBULATION (aus *antagem* 1994b)

Infibulation (vgl. Beschneidungstechniken) ist vorherrschend in Somalia, Sudan, gewissen Gebieten von Äthiopien und Ägypten.

Für die vielen, z. T. gravierenden medizinischen Folgen der Infibulation sei verwiesen auf Seite 133. Hier sollen vor allem soziokulturelle Gegebenheiten beleuchtet werden, die bei der Behandlung infibulierter Frauen in europäischen Kliniken ins Gewicht fallen können.

a) Kommunikation: Eine Studie am Institut für Ethnologie Bern (Beck-Karrer 1994a) hat gezeigt, dass z. B. Somalierinnen problemlos auf das Thema Infibulation angesprochen werden können, wenn die sprachliche Kommunikation klappt. Viele Flüchtlingsfrauen aus Afrika sprechen eine oder mehrere Fremdsprachen wie Englisch, Italienisch oder Französisch. Patientinnen, mit denen die Kommunikation schwierig ist, können aufgefordert werden, eine Vertrauensperson ihrer Wahl zur Konsultation mitzubringen.

Es wird von den Frauen begrüsst, wenn ÄrztInnen über Infibulation bereits informiert sind und das Thema von sich aus aufgreifen. Eine somalische Patientin drückte das folgendermassen aus:

«They should know what I will look like and not ask me if I have been in an auto accident. They should know that the way I look like is normal for me.» (Lightfoot-Klein/Shaw 1991)

b) Defibulation: Eine operative Defibulation ist aus ärztlicher Sicht in vielen Fällen wünschenswert, da die fast vollständig (bei jungen Mädchen) oder teilweise verschlossene (bei verheirateten Frauen) Vulva eine gynäkologische Untersuchung, PAP- und andere Tests verunmöglicht oder erschwert. Selbst für verheiratete Frauen ist das Einführen des Speculums oft sehr schmerzhaft.

Defibulation wird von manchen Frauen aber abgelehnt aus verschiedenen Gründen:

- Für junge Mädchen ist die Infibulationsnarbe Zeichen ihrer intakten Jungfräulichkeit, die im traditionell muslimischen Kontext praktisch noch überall als unabdingbar gilt bei der (ersten) Heirat. Ein Arztzeugnis, das belegt, dass die Defibulation aus medizinischen Gründen vorgenommen wurde, kann u. U. die Ängste der Patientin entschärfen.
- Verheiratete Frauen sagen aus, dass sie sich nicht vorstellen können, offen zu sein, finden eine geschlossene Vulva schöner und glauben, dass ihre Männer eine enge Vaginalöffnung schätzen.

Die Defibulations-Frage muss deshalb im Gespräch mit der Patientin geklärt werden, indem gemeinsam mögliche psychische und soziale Nachteile gegen die medizinischen Vorteile abgewogen werden.

Nach Nyfeler und Béguin Stöckli (1994) äussern aber afrikanische Paare wegen sexueller Probleme nicht selten selber den Wunsch nach Defibulation.

Defibulation wird auch von jungen Somalierinnen vor allem dann angestrebt, wenn sie mit europäischen Männern befreundet sind. Diese jungen Frauen stehen zwischen zwei Kulturen unter grossem Druck. Sie sind vor allem in Sorge, dass die Familie von der Defibulation erfahren könnte. Nach Adamson (1992) und Hedley/Dorkenoo (1992) müssen diese Frauen speziell gestützt und ermutigt werden, indem ÄrztInnen u. a. auf ihre strikte Schweigepflicht hinweisen. Manche junge Frauen sind zudem nur mangelhaft über Verhütung von Schwangerschaft und Aids informiert, wagen aber nicht, danach zu fragen. Thematisierung durch ÄrztInnen ist deshalb sinnvoll.

c) Geburt: In den allermeisten Fällen sind bei der Entbindung infibulierter Frauen eine oder mehrere Episiotomien notwendig. Im Herkunftsland werden normalerweise beidseitig laterale, wenn nötig auch posteriore und/oder anteriore Schnitte vorgenommen. Nach Shaw (1985a) besteht auf seiten mancher Patientinnen grosse Unsicherheit, ob europäische ÄrztInnen mit der notwendigen Schnitt-Technik vertraut seien.

Der Wunsch vieler GeburtshelferInnen, mit guten Gründen die Infibulationsnarbe schon während der Schwangerschaft zu defibulieren, stösst gelegentlich auf Widerstand. Die Frauen sehen nicht ein, weshalb sie sich zweimal einem schmerzhaften Eingriff unterziehen sollen. Sie scheinen auch zu fürchten, die Defibulation der vermeintlich stützenden Narbe könne zum Abort führen.

Für den Geburtsverlauf ist es sicher von Vorteil, wenn die verschiedenen Ängste schon während der Schwangerschaft durch ein Gespräch abgebaut werden.

d) Reinfibulation: Im Sudan werden Frauen nach einer Geburt auf eigenen Wunsch häufig total reinfibuliert und müssen vom Ehemann, der das angeblich schätzt, erneut wie eine Jungfrau defibuliert werden. Somalierinnen lehnen diese Praxis ab, verlangen aber häufig, dass die Infibulationsnarbe wie die anderen Episiotomien zurückgenäht, d.h. der vorgeburtliche Zustand der Vaginalöffnung auf «Frauengrösse» wiederhergestellt wird. Sie führen dafür die unter b) erwähnten Argumente an. Manche ÄrztInnen werden auch diese partielle Reinfibulation als erneute Verstümmelung auffassen (Toubia 1994), andere den Wunsch unwiderruflich verstümmelter Frauen nach körperlicher Integrität in deren Sinn respektieren wollen. Mit dem Hinweis auf zukünftige Geburten können ÄrztInnen jedenfalls versuchen, einer Patientin von der partiellen Reinfibulation abzuraten. Durch beidseitiges Vernähen der Wundränder kann eine Art Schamlippen rekonstruiert werden.

Es ist sinnvoll, das Vorgehen schon vor der Geburt mit der Patientin zu besprechen.

e) Familienplanung: Der Verhütungswunsch vieler Frauen steht im Konflikt mit ihrem traditionellen Wunsch nach vielen Kindern. Eine afrikanische Muslimin muss mindestens einen Sohn geboren haben, bevor sie an Verhütung denken darf. Eheliche Unfruchtbarkeit gilt als Scheidungsgrund, und eine Frau geht ein Risiko ein, wenn sie heimlich verhütet. Lebenskosten und Wohnverhältnisse in der Schweiz und der ungesicherte Flüchtlingsstatus mögen allerdings ein Umdenken bewirken, auch bei den Männern. Da die inneren und äusseren Geschlechtsorgane infibulierter Frauen durch Geburten sehr stark belastet werden, drängen sich Geburtenbeschränkung und vernünftiges *child spacing* auch rein medizinisch auf.

Prävention

ÄrztInnen (vor allem der Fachbereiche Gynäkologie/Geburtshilfe, Pädiatrie, Allgemeinmedizin) haben die privilegierte Möglichkeit und vielleicht die Pflicht, mit ihren Patientin die Frage anzugehen, ob diese ihre kleinen Töchter zu beschneiden gedenken, und präventiv zu wirken, indem sie in aller Deutlichkeit auf die medizinischen Probleme hinweisen und ihre ethischen Vorbehalte formulieren, die von der schweizerischen Rechtsprechung ja ausdrücklich geteilt werden.

Klare Ablehnung der Praxis schliesst den Respekt vor den kulturellen Bedingungen afrikanischer Eltern, die aus ihrer Sicht nur das Beste für ihre Kinder wollen, nicht aus. Aufklärung über die medizinischen Folgen von FGM *(Female Genital Mutilation)* in einer Atmosphäre des Vertrauens kann verhindern, dass Eltern die Operation entweder selber vornehmen oder von selbsternannten SpezialistInnen im Untergrund ausführen lassen (wie in Frankreich und England).

3 ERKLÄRUNG DER SCHWEIZERISCHEN AKADEMIE DER MEDIZINISCHEN WISSENSCHAFTEN ZUR VORNAHME RITUELLER, SEXUELL VERSTÜMMELNDER EINGRIFFE BEI FRAUEN (1983)

Der Initiant und Leiter von Terres des Hommes, Edmond Kaiser, Lausanne, machte die Verbindung der Schweizer Ärzte darauf aufmerksam, dass die Vornahme ritueller, sexuell verstümmelnder Eingriffe bei Frauen, wie sie in gewissen Ländern der Dritten Welt aus Überlieferung auch heute noch vielfach vorgenommen werden, zunehmend nun auch in Europa vorkommen. Die FMH unterbreitete dieses Anliegen der Zentralen Medizinisch-Ethischen Kommission der Schweizerischen Akademie der medizinischen Wissenschaften, die sich eingehend mit diesen Fragen befasste. Sie nimmt in einer Erklärung ausführlich dazu Stellung und erinnert an die strafrechtlichen Konsequenzen nach schweizerischem Recht, mit denen jeder zu rechnen hat, der einen solchen Eingriff vornimmt oder dabei mitwirkt.

Wir empfehlen die nachstehend im Wortlaut publizierte Erklärung der Medizinisch-Ethischen Kommission der Schweizerischen Akademie der medizinischen Wissenschaften allen Ärzten in Klinik und Praxis zur besonderen Beachtung.

Die Zentrale Medizinisch-Ethische Kommission der Schweizerischen Akademie der medizinischen Wissenschaften

- darauf aufmerksam gemacht,
  dass Eltern aus Ländern, in welchen rituelle, sexuell verstümmelnde Eingriffe bei Frauen vorgenommen werden, ihre Kinder zur Vornahme des Eingriffs in unseren Spitälern oder in ambulanten medizinischen Einrichtungen unterzubringen versuchen.

- darüber besorgt,
  dass diesem Ansinnen aus falsch verstandenem Mitleid oder anderen unbedachten Motiven stattgegeben werden könnte.

- überzeugt davon,
  dass solche Eingriffe aufgrund eines unseren ethischen Auffassungen widersprechenden Brauchtums an einer nicht urteilsfähigen Unmündigen grausam und erniedrigend sind.
  dass damit gegen das höchstpersönliche Recht auf körperliche Unversehrtheit verstossen und
  dass damit das Offizialdelikt der schweren Körperverletzung gemäss Artikel 122 Ziffer 1 Alinea 2 des Schweizerischen Strafgesetzbuches[1] begangen wird.

erklärt:

- Jedermann, der sogenannt rituelle, sexuell verstümmelnde Eingriffe an Kindern und Jugendlichen weiblichen Geschlechts vornimmt, erfüllt damit, auch wenn er Arzt ist und der Eingriff unter einwandfreien klinischen Bedingungen durchgeführt wird, den Tatbestand der vorsätzlichen schweren Körperverletzung gemäss Artikel 122 StGB. Er ist dafür von Amtes wegen strafrechtlich zu verfolgen.

- Er verstösst überdies gegen menschliche Grundrechte, indem er einen grausamen und erniedrigenden Eingriff an einer nicht urteilsfähigen Un-

1 Artikel 122 Ziffer 1 Alinea 2 StGB: «... Wer vorsätzlich einen Körperteil, ein wichtiges Organ oder Glied eines Menschen verstümmelt oder unbrauchbar macht, ... wird mit Zuchthaus bis zu zehn Jahren oder mit Gefängnis von sechs Monaten bis zu fünf Jahren bestraft.»

mündigen vornimmt, die ihr höchstpersönliches Recht auf Unversehrtheit nicht geltend machen kann.

- Jedermann, der bei einem solchen Eingriff mitwirkt, macht sich strafrechtlich der Gehilfenschaft und allgemein des Verstosses gegen menschliche Grundrechte schuldig.

- Täter und Gehilfen, die den Beruf des Arztes oder der Krankenpflege ausüben, verstossen überdies in schwerster Weise gegen die ethischen Grundsätze, die für ihre Berufsausübung Gültigkeit haben.

4 PARLAMENTARISCHE INTERPELLATION CASPAR-HUTTER VOM 7. OKTOBER 1992 ZUR FRAUEN- UND MÄDCHENVERSTÜMMELUNG UND ANTWORT DES BUNDESRATES

Mädchen und Frauen gewisser Kulturen haben die systematische Verstümmelung und Amputation ihrer Geschlechtsorgane mit schrecklichen gesundheitlichen und traumatisierden Folgen zu erdulden. Angehörige dieser Kulte leben auch in der Schweiz.

Ich bitte den Bundesrat um die Beantwortung folgender Fragen:

- Kennt der Bundesrat das Ausmass und die Handhabung der «Klitorisbeschneidungen» in der Schweiz?
- Ist der Bundesrat gewillt, eine Meldepflicht für Ärzte und Spitäler einzuführen, um so ein realistisches Bild über das Ausmass zu bekommen?
- Wie gewichtet der Bundesrat diese Verletzungen und Verstümmelungen strafrechtlich?
- Ist der Bundesrat bereit, sich international dafür einzusetzen, dass diese Kulte unter Strafandrohung nicht mehr vollzogen werden dürfen?
- Ist der Bundesrat bereit, Frauen und Mädchen, die sich dieser Tortur zu entziehen versuchen, angemessene Hilfe zukommen zu lassen, zum Beispiel durch Anerkennung dieser Verletzung der körperlichen Integrität als Folter oder Bedrohung von Leib und Leben?

Mitunterzeichner:
Aguet, Bäumlin, Béguelin, Bodenmann, Brügger Cyrill, Bundi, Carobbio, Danuser, Eggenberger, Fankhauser, von Felten, Goll, Gross Andreas, Haering Binder, Hämmerle, Herczog, Jeanprêtre, Ledergeber, Leemann, Leuenberger Ernst, Steiger, Strahm Rudolf.

Begründung
Der Interpellant verzichtet auf eine Begründung und wünscht eine schriftliche Antwort.

Antwort des Bundesrates

1. Laut einer zur Zeit laufenden Erhebung des Instituts für Ethnologie der Universität Bern wurden in den letzten Jahren die öffentlichen Spitäler der Schweiz in rund 80 Fällen mit der Behandlung beschnittener Frauen konfrontiert. Es handelte sich dabei vor allem um Asylsuchende aus den Ländern Somalia, Äthiopien und Sudan. Die Betroffenen suchen ärztliche Hilfe wegen verschiedenen Problemen im Zusammenhang mit Schwangerschaft und Geburt einerseits und mit Infektionen andererseits.
   Von aktuellen, in der Schweiz durchgeführten Beschneidungen ist aufgrund derselben Erhebungen nichts bekannt.

2. Eine Meldepflicht für Ärzte und Spitäler über festgestellte, bereits im Ursprungsland erfolgte Verstümmelungen bringt in Ergänzung zum bestehenden Datenmaterial keine wesentliche Verbesserung der Kenntnisse über diesen in weiten Teilen Afrikas praktizierten Brauch. Aus diesem Grunde sieht der Bundesrat für die Einführung einer Meldepflicht, wofür eine spezielle gesetzliche Grundlage geschaffen werden müsste keinen Handlungsbedarf.

3. Die Klitorisbeschneidung erfüllt im Schweizerischen Strafrecht den Tatbestand der schweren Körperverletzung – ein Tatbestand, der eines der höchsten Rechtsgüter unserer Rechtsordnung, die körperliche Unversehrtheit, schützt (Art. 122 StGB). Wer also sogenannt rituelle, sexuell verstümmelnde Eingriffe an Personen, namentlich an Kindern und Jugendlichen weiblichen Geschlechts, vornimmt, macht sich strafbar. Die schwere Körperverletzung wird von Amtes wegen verfolgt.
   Die rechtliche Lage ist somit eindeutig. Überdies dürfen Ärzte und

ihre Hilfspersonen, wenn sie von einer an einer Unmündigen in der Schweiz vorgenommenen Beschneidung erfahren, ungeachtet des Berufsgeheimnisses, dem sie unterliegen, dies der vormundschaftlichen Behörde melden (Art. 358ter StGB).

Die Zentrale Medizinisch-Ethische Kommission der Schweizerischen Akademie der medizinischen Wissenschaften hat sich bereits 1983 aufgrund einer Anfrage der Verbindung der Schweizer Ärzte (FMH) mit diesem Brauch befasst und ist dabei zur selben klaren Schlussfolgerung gelangt (Vgl. Schweizerische Ärztezeitung, Band 64, 1983, Heft 34).

4. Die Klitorisbeschneidung ist ein in verschiedenen Teilen Afrikas verbreiteter Brauch, der traditionell und kulturell tief verwurzelt ist. Solche rituellen Gebräuche lassen sich mit dem Mittel des Strafrechts dort kaum wirksam bekämpfen. Der Weg dazu führt, wie durch die Weltgesundheitsorganisation (WHO) wiederholt festgestellt, in erster Linie über die Aufklärung sowie die Verbesserung der Lebensbedingungen, des Bildungsstandes und der sozialen Stellung der Frauen.

   In diesem Sinne leistet der Bund über die Entwicklungszusammenarbeit allgemeine Unterstützung und ist grundsätzlich auch bereit, Beiträge an lokal getragene Aufklärungsprojekte zu leisten. Der Bundesrat ist zudem bereit, Möglichkeiten für eine zielgruppenorientierte Information innerhalb der Schweiz zu prüfen.

5. In der Schweiz wie auch im europäischen Raum wird eine Klitorisbeschneidung als unmenschliche Behandlung im Sinne von Art. 3 der Europäischen Menschenrechtskonvention (EMKR) angesehen. Legt daher eine von einer Wegweisung bedrohte Ausländerin dar, dass sie nach ihrer Wegweisung einem tatsächlichen Risiko dieser unmenschlichen Behandlung unterworfen würde, wäre vom Vollzug der bestehenden, rechtskräftigen Wegweisung abzusehen und stattdessen die vorläufige Aufnahme zu verfügen.

Glossar

Somali ist erst seit 1972 Schriftsprache. Nach langen Kämpfen wurde die lateinische Schrift gewählt. Das offizielle somalische Alphabet weicht in seiner Reihenfolge vom lateinischen ab. Ich folge hier aber der Praxis von Zorc (1991), der sein Wörterbuch strikt nach dem lateinischen Alphabet ordnet.

banaan bixin	erster Gang ins Freie mit einem Säugling vierzig Tage nach der Geburt
bon	nichtsomalische Bevölkerungsgruppe
ceeb	Schande
dhagan	Kultur
dirac	Oberkleid
gaasha	Europäerin
gaalka	Europäer
gabar gudban	«geschlossenes» (infibuliertes) Mädchen, Jungfrau
garbasaar	Schultertuch
gorgorad	Unterrock
gudniin	Infibulation
islaan waxguda	Beschneiderin
karama	Ehre
kiniin	Tablette
kintir	Klitoris
mal-mal	harzhaltiges Wundheilmittel
midgaan	Kaste der Schmiede, Jäger, BeschneiderInnen, Lederbearbeiter
min	Haus, Uterus
purdah	Geschlechtersegregation
qaat	Blätter von Catha edulis, milde Rauschdroge
sab	nichtsomalische Bevölkerungsgruppe
sanbuus	fleischgefüllte, in viel Öl gebackene Krapfen

sharmuuto	Hure
sunna	Inzision oder Exzision (eigentlich islam. Brauch, Gebot)
ummuliso	Hebamme
wadaad	Korankundiger, Mann der Religion, islam. Geistlicher
zâr	Geist, Geistbesessenheit

Abkürzungen

AIDOS	Associazione italiana donne per lo sviluppo, Roma
antagem	Anthropologists against genital mutilation, IEB
BAG	Bundesamt für Gesundheitswesen
BAF	Bundesamt für Ausländerfragen
BFF	Bundesamt für Flüchtlinge
CGV	Centrum Gezondheidszorg Vluchtelingen, Rijswijk
FGM	Female Genital Mutilation
FORWARD	Foundation for Women's Health and Development, London
IAC	Inter-African Committee
IEB	Institut für Ethnologie der Universität Bern
SAREC	Swedish Agency for Research Cooperation with Developing Countries
SOMAC	Somali Academy of Sciences and Arts
SWDO	Somali Women's Democratic Organization
VENA	Vrouwen en Autonomie (Research and Documentation Centre, Women and Autonomy, Institute for Cultural and Social Studies), Universität von Leiden
WHO	World Health Organization

Bibliographie

ABDI Mohamed Mohamed ed. 1993, Anthropologie somalienne. Actes du IIe Colloque des Etudes Somaliennes, Besançon 8/11 octobre 1990. Paris.

ABDILLAHI Mohammed Farah/ANDRZEJEWSKI B. W. 1967, The Life of 'Ilmi Bowndheri, a Somali Oral Poet who is Said to Have Died of Love. *Journal of the Folklore Institute* 4/2–3 : 191–206.

ABU-LUGHOD Lila 1991, Writing Against Culture. In: Fox Richard G. ed., Recapturing Anthropology. Working in the Present. Santa Fé.

ADAMSON Fiona 1992, Female Genital Mutilation. A Counselling Guide for Professionals. FORWARD. London.

AIDOS/SWDO 1989, Female Circumcision. Proceedings of the International Seminar on Female Circumcision 13–16 June 1988, Mogadisho, Somalia. Rom.

AIDOS 1988, Female Circumcision in Somalia. Italien, ital./engl. 46', VHS (Video).

AIDOS 1988, Mai più mai più. Speciale Mogadiscio. *AIDOS News* 5/3–4 : 7–12.

AITCHISON Roberta 1984, Reluctant Witnesses: The Sexual Abuse of Refugee Women in Djibouti. *Cultural Survival Quarterly* 8/2 : 26–27.

AL-RAZIK Maxamed Salim Abdi 1989, The Attitude of Islam towards Female Circumcision. In: AIDOS/SWDO 1989, Female Circumcision. Proceedings of the International Seminar on Female Circumcision 13–16 June 1988, Mogadisho, Somalia. Rom.

ANDRZEJEWSKI B. W./LEWIS I. M. 1964, Somalia Poetry. Oxford

ANTAGEM 1994a, Information über weibliche Genitalverstümmelung. IEB, Bern.

– 1994b, Information über weibliche Genitalverstümmelung für ÄrztInnen. IEB, Bern.

ARBESMAN Marian/KAHLER Lucinda/BUCK Germaine M. 1993, Assessment of the Impact of Female Circumcision on the Gynecological, Genito-Urinary and Obstetrical Health Problems of Women from Somalia: Literature Preview and Case Series. *Women and Health* 20/3 : 27–42.

BAASHER Taha/BANNERMANN R. H. O./RUSHWAN Hamid/SHARAF Iris eds. 1982, Traditional Practices Affecting the Health of Women and Children. (Proceedings of the WHO Seminar on Traditionall Practices, Held in Khartoum 10–15 February 1979). WHO EMRO Technical Publication no. 2 vol. 2. Alexandria.

BARCIK K./NORMARK S. eds. 1991, Somalia: A Historical, Cultural and Political Analysis. Uppsala.

BARTELS Koos / HAAIJER Ineke 1991, Somali Female Refugees in Base-Line Health Care. *VENA-Journal* 3/1 : 14–17.

– 1992, 's Land wijs 's land eer? Vrouwenbesnijdenis en Somalisch vrouwen in Nederland. CGV, Rijswijk.

BAUMGARTNER Judith / BECK Charlotte / BÉGUIN Dominique / CAVIEZEL Flavia / LÜSCHER Silvia 1991, Les mutilations génitales féminines en Afrique. Le cas de Mali. Rapport pour le bureau de coordination de la DDA à Bamako. IEB, Bern.

BECK-KARRER Charlotte 1991, Arbeitsgruppe Frauenbeschneidung. Protokolle. Proseminararbeit IEB, Bern.

– 1992a, Frauenbeschneidung in Afrika. Seminararbeit IEB 1990. In: Arbeitsblätter Nr. 5, IEB, Bern.

– 1992b, Afrika, Frauen, Narben. *Rebus* 1 : 15–26.

– 1994a, Gudniin / Infibulation. Gespräche mit somalischen Frauen und Männern in der Schweiz. Lizentiatsarbeit IEB, Bern.

– 1994b, Genital verstümmelte Migrantinnen aus Afrika und schweizerisches Gesundheitswesen / Mutilation génitale des migrantes africaines et santé publique suisse. *BAG-Bulletin* 49/18.12.94 : 838–839.

– 1995a, Prävention von weiblicher Genitalverstümmelung / Prévention des mutilations génitales féminines. *Asylon* 1/März 1995 : 4.

– 1995b, Somali Refugee Women in Switzerland and their Views on FGM: A Report Based on Interviews. In: Grassivaro Gallo / Viviani eds., Proceedings of the 1994 International Symposium on Female Genital Mutilation: A Public Health Issue Also in Italy, May 3rd, 1994, University of Padova. Padua.

– 1995c, Geister in Gersau. *Zâr*-Besessenheit und Migration. Seminararbeit IEB. Bern.

BÉGUIN STÖCKLI Dominique 1991, Die Datenbank «Frauenbeschneidung». Seminararbeit IEB, Bern.

– 1993, Genitale Verstümmelung von Frauen: eine Bibliographie. Arbeitsblätter Nr. 8, IEB, Bern.

– 1995, La gynécologie face au mutilations féminines. Une évaluation de la situation des immigrées dans le cadre du système sanitaire suisse. In: Grassivaro Gallo / Viviani eds., Proceedings of the 1994 International Symposium on Female Genital Mutilation: A Public Health Issue Also in Italy, May 3rd, 1994, University of Padova, Padua.

BGE 119 Ia 1993, Urteil der II. öffentlichrechtlichen Abteilung vom 18. Juni 1993 i. S. A. und M. gegen Regierungsrat des Kantons Zürich (staatsrechtliche Beschwerde). Lausanne.

BERTINO Daniela 1989, The Role of the ILO Training Centre in the SWDO / AIDOS Information Campaign against Infibulation. In: AIDOS/SWDO 1989, Female Circumcision. Proceedings of the International Seminar on Female Circumcision 13–16 June 1988, Mogadisho, Somalia. Rom.

BLIXEN, Tania 1986a (1937), Afrika – dunkel lockende Welt. Zürich.

– 1986b (1960), Schatten wandern übers Gras. Hamburg.

– 1993 (1978), Briefe aus Afrika. Hamburg.

BODDY Janice 1988, Womb as Oasis: The Symbolic Context of Pharaonic Circumcision in Rural Northern Sudan. *American Ethnologist* 9/4 : 682–698.

BONGARTZ Maria 1991, Somalia im Bürgerkrieg. Ursachen und Perspektiven des innenpolitischen Konflikts. Hamburg.

BOULWARE-MILLER Kay 1985, Female Circumcision: Challenges to the Practice as a Human Rights Violation. *Harvard Women's Law Journal* 8 : 155 – 177.

BOURDIEU Pierre 1987, Die feinen Unterschiede. Frankfurt a. M.

– 1993, La misère du monde. Paris.

BUTLER Judith 1991, Das Unbehagen der Geschlechter. Frankfurt a. M.

CAVIEZEL Flavia 1992, Video- und Filmographie zum Thema Frauen-/Mädchenbeschneidung. Seminararbeit IEB, Bern.

CASPAR-HUTTER 1992, Interpellation 92.3422 vom 7. Oktober und Antwort des Bundesrates vom 1. März 1993. Bern.

CIRILLO Elisabetta 1989, The SWDO/AIDOS Project: Somalia: Information Campaign against Infibulation. In. AIDOS/SWDO 1989, Female Circumcision. Proceedings of the International Seminar on Female Circumcision 13 – 16 June 1988, Mogadisho, Somalia. Rom.

CLIFFORD James/MARCUS George eds. 1986, Writing Culture. California UP, Berkeley/Los Angeles.

CLOUDSLEY Anne 1984, Women of Omdurman. Life, Love and the Cult of Virginity. New York.

COUCHARD Françoise 1989, Une enfant exposée: la fille infibulée. *Nouvelle Revue d'Ethnopsychiatrie* 12 : 143 – 154.

– 1991, La femme infibulée: entre blessure narcissique et plaisir fantasmé. *Nouvelle Revue d'Ethnopsychiatrie* 18 : 141 – 150.

DIETERLEN Germaine 1951, Essai sur la religion Bambara. Paris.

DIRIE Mahdi Ali 1985, Female Circumcision in Somalia: Medical and Social Implications. Mogadishu.

DIRIE Mahdi Ali/LINDMARK Gunilla 1991, A Hospital Study of the Complications of Female Circumcision. *Tropical Doctor* 21 : 146 – 148.

DORKENOO Efua 1992a, A Review of Proceedings and Outcome. Paper Presented at the Symposium on Genital Mutilation of Girls in the Netherlands, 2 October at Leiden.

– 1992b, Female Genital Mutilation in the Western World. An Overview of the UK Experience. Paper Presented at the Symposium on Genital Mutilation of Girls in the Netherlands, 2 October at Leiden.

DORKENOO Efua/ELWORTHY Silla 1992, Female Genital Mutilation. Proposals for Change. *Minority Rights Group Report* 92/3.

DORKENOO Efua/RAS-WORK Berhane 1992, Statement to Dissociate Africans from any Recommendation to Governments to Medicalize Incision as an Acceptable Form of FGM. Symposium on Genital Mutilation in the Netherlands, 2 October at Leiden.

DOUGLAS Mary 1988 (1966), Reinheit und Gefährdung. Frankfurt a. M.

ELIADE Mircea ed. 1987, Encyclopedia of Religion. New York.

EL-SOLAMI-MEWIS Catherine 1987. Lehrbuch des Somali. Leipzig.

EL-SOLH Camilla Fawzi 1993, «Be true to your culture». Gender Tensions among Somali Muslims in Britain. *Immigrants & Minorities* 12/1 : 21 – 46.

ENCYCLOPEDIA OF ISLAM 1960. Leiden.
ERLICH Michel 1981, Observation ethnopsychiatrique de l'infibulation des femmes en Somalie. *Ethnopsychiatrica* 3 : 15–37.
– 1986, La femme blessée. Essai sur les mutilations sexuelles féminines. Paris.
– 1990, Notion de mutilation et criminalisation de l'excision en France, *Droit et Cultures* 20 : 145–215.
– 1991, Circoncision, excision et racisme. *Nouvelle Revue d'Ethnopsychiatrie* 18 : 125–140.
FORNI Elisabetta 1980, Women's Role in the Economic, Social and Political Development of Somalia. *Afrika-Spektrum* 15 : 19–28.
FORTES Marian/HENRIKS Marina 1990, Specific Problems of Refugee Women. CGV, Rijswijk.
FARAH Mohamed Ali/HECK Dietmar 1993, Somali Wörterbuch. Deutsch-Somali/Somali-Englisch-Deutsch. Zweite, überarb. Aufl. Hamburg.
FARAH Nuruddin 1983, Wie eine nackte Nadel. Frankfurt a. M..
– 1986, Aus einer Rippe gebaut. Bornheim-Merten.
FORWARD 1991, Another form of abuse. The prevention of genital mutilation. London, engl., 25', VHS (Video).
FRAUENFLÜCHTLINGE IN DER SCHWEIZ 1993, Ein Handbuch herausgegeben vom Eidgenössischen Büro für die Gleichstellung von Frau und Mann, mit Unterstützung des Bundesamtes für Flüchtlinge BFF und der Schweizerischen Flüchtlingshilfe SFH. Bern.
FRAUENKÖRPER – NEU GESEHEN 1992. Ein illustriertes Handbuch. Berlin.
FREI Nicole 1992, Aids in Afrika. Proseminararbeit IEB, Bern.
GRASSIVARO GALLO Pia 1986a, La circoncisione femminile in Somalia. Una ricerca sul campo. Milano.
– 1986b, Views of Future Health Workers in Somalia on Female Circumcision. *Medical Anthropology Quarterly* 17/3 : 71–73.
– o. J., Le bambine somale raccontano. Italien, ital./engl., 20', VHS (Video).
GRASSIVARO GALLO Pia/ABDISAMED Marian 1985, Female Circumcision in Somalia: Anthropological Traits. *Anthropologischer Anzeiger* 43/4 : 311–326.
GRASSIVARO GALLO Pia/VIVIANI Franco 1988, Female Circumcision in Somalia. *Mankind Quarterly* 29/1–2 : 165–180.
– 1992, The Origin of Infibulation in Somalia: an Ethological Hypothesis. *Ethology and Sociobiology* 13/ : 253–265.
– 1993, Il ruolo dell'olfatto nella sessualità di donne infibulate. In: Grassivaro Gallo Pia/Viviani Franco eds. 1993, Atti della Giornata di Studio su «Le mutilazioni sessuali femminili». 23 ottobre 1992, Università di Padova. Padua.
– eds. 1995, Proceedings of the 1994 International Symposium on Female Genital Mutilation: A Public Health Issue Also in Italy, May 3rd, 1994, University of Padova. Padua.
GRASSIVARO GALLO Pia/LIVIO Marica 1992, Les mutilations génitales féminines des Africains en Italie. *Rivista di Antropologia* LXX : 175–183.
GRUENBAUM Ellen 1991, The Islamic Movement, Development & Health Education. *Social Science and Medicine* 33/6 : 637–45.

GRIAULE Marcel/DIETERLEN Germaine 1965, Le renard pâle. Paris.

GRIAULE Marcel 1966 (1948), Dieu d'eau. Entretiens avec Ogotemmêli. Paris.

GUGGER Ursula 1994, FORWARD. Proseminararbeit IEB, Bern.

GUNNING Isabelle R. 1991/92, Arrogant Perception, World-Travelling and Multicultural Feminism: the Case of Female Genital Surgeries. *Columbia Human Rights Law Review* 23/189: 189–248.

GYÜRKI Judit 1992, Am Anfang war die Frau. Chinesisches Fussbinden und Genitalverstümmelung im Vergleich. Seminararbeit IEB, Bern.

HANGHE Ahmed Artan coll./transl. 1988, Folktales from Somalia. (Somali/English). Uppsala.

HEDLEY Rodney/DORKENOO Efua 1992, Child Protection and Female Genital Mutilation. FORWARD. London.

HELANDER Bernhard 1988, The Slaughtered Camel. Coping with Fictitious Descent Among the Hubeer of Southern Somalia. Ph. D. Diss. University of Uppsala.

– 1989, Incorporating the Unknown. The Power of Southern Somali Medicine. In: Jacobson-Widding A./Westerlund D. eds., Culture, Experience and Pluralism. Essays on African Ideas of Illness and Healing. Acta Universitatis Uppsaliensis. Uppsala.

– 1991a, Words, Worlds and Wishes: The Aesthetics of Somali Kinship. *Cultural Anthropology* 6/1: 113–120.

– 1991b, The Somali Family. In: Barcik K./Normark S. eds. 1991, Somalia: A Historical, Cultural and Political Analysis. Uppsala.

HICKS Esther Kremhilde 1986, Infibulation. Female Mutilation in Islamic Northeastern Africa. New Brunswick/London.

HORAT WEINGARTNER Eva 1993, Weibliche Genitalverstümmelung an Mädchen in der Schweiz. Manuskript IEB. Bern.

HOSKEN Fran P. 1982, Universal Childbirth Picture Book, Lexington.

– 1989, Les femmes somalies contre la circoncision féminine. *Forum du développement* mars-avril: 19–21.

– 1994, The Hosken Report: Genital and Sexual Mutilation of Females. Fourth and Enlarged Edition. Lexington.

HUBER Yvonne 1992, Weibliche Beschneidung im Sudan. Seminararbeit IEB, Bern.

HUSSEIN F. H. M./SHAH K. P./NASIR S. et al. 1982, Community Study on Female Circumcision in Somalia. In: Baasher et al. eds. 1982, Traditional Practices Affecting the Health of Women and Children. WHO EMRO Technical Publication no. 2 vol. 2. Alexandria.

ISMAIL Edna Adan 1982, Female Circumcision – Physical and Mental Complications. In: Baasher et al. eds. 1982, Traditional Practices Affecting the Health of Women and Children. WHO EMRO Technical Publication no. 2 vol. 2. Alexandria.

– 1983, Female Circumcision. In: Labahn Thomas ed. 1984, Proceedings of the Second International Congress of Somali Studies 1983. Hamburg.

JACKSON Jean E. 1990: «I am a fieldnote»: Fieldnotes as a Symbol of Professional Identity. In: Sanjek Roger ed. 1990, Fieldnotes. The Makings of Anthropology. Ithaca and London.

JUNGER Karin 1992, Barbarie en Europe: l'excision rituelle. Fernsehfilm, französisch, 50'. Am 26. 2. 1993 vom Westschweizer Fernsehen (TSR) ausgestrahlt.

KORAN. Übersetzt von Max Henning 1960. Stuttgart.

KRATTIGER Barbara 1992, Mädchenbeschneidung und Stellung der Frau bei den Shipibo-Conibo (Ost-Peru). Proseminararbeit IEB, Bern.

KWAAK Anke van der 1992, Female Circumcision and Gender Identity: A Questionable Alliance? *Social Science and Medicine* 35/6: 777–787.

KWAAK Anke van der/HAAIJER Ineke/BARTELS Koos 1991, Besnijdenis by Somalische vrouwen: de stille doorbroken? *Med. Antropol.* 3/2: 210–235.

LABAHN Thomas ed. 1984, Proceedings of the Second International Congress of Somali Studies 1983. Hamburg.

LAING-IMHOF Eveline 1992, Auch in der Schweiz gibt es beschnittene Frauen. *Tagesanzeiger* 22. Sept. 1992: 74.

LAITIN David/SAMATAR Said S. 1987, Somalia in Search of a State. Boulder.

LALLEMAND Suzanne 1985, L'apprentissage de la sexualité dans les contes d'Afrique de l'Ouest. Paris.

LAQUEUR Thomas 1990, Making Sex. Harvard UP, Cambridge/London.

LAURENCE Margaret 1993 (1954), A tree for poverty. Toronto/Hamilton.

LEWIS I. M. 1961, A Pastoral Democracy. A Study of Pastoralism and Politics Among the Northern Somali of the Horn of Africa. London.

– 1966, Comformity and Contrast in Somali Islam. In: Lewis I. M. ed., Islam in Tropical Africa. London.

– 1969, Spirit Possession in Northern Somaliland. In: Beattie J./Middleton J. eds., Spirit Mediumship and Society in Africa. London.

– 1988, A Modern History of Somalia. Nation and State in the Horn of Africa. Revised, Updated and Expanded Edition, London.

– 1991, The Recent Political History of Somalia. In: Barcik K./Normark S. eds. 1991, Somalia: a Historical, Cultural and Political Analysis. Uppsala.

LEWIS I. M./AL-SAFI Ahmed/HURREIZ Sayyid 1991 eds., Women's Medicine. The *zâr-bori*-Cult in Africa and Beyond. Edinburgh.

LIGHTFOOT-KLEIN Hanny 1989, Prisoners of Ritual. An Odyssey into Female Genital Circumcision in Africa. New York/London.

– 1991, Orgasm in Ritually Circumcised Women. Paper presented at the 1st International Conference on Orgasm. New Delhi, Feb. 3–6.

LIGHTFOOT-KLEIN Hanny/SHAW Evelyn 1991, Special Needs of Ritually Circumcised Women Patients. *Journal of Obstetric, Gynecologic and Neonatal Nursing* 20/2: 102–107.

LIVIO Marica 1990, L'Italia di fronte alle problematiche escissorie degli immigranti africani. Tesi di Laurea Università di Padova. Padua.

– 1993, Le mutilazioni genitali femminili nel mondo occidentale: ...e l'Italia sta a guardare. In: Grassivaro Gallo Pia/Viviani Franco eds. 1993, Atti della Giornata di Studio su «Le mutilazioni sessuali femminili». 23 ottobre 1992, Università di Padova. Padua.

LULING Virginia 1991, Some Possession Cults in Southern Somalia. In: Lewis I. M./Al-Safi A./Hurreiz S., Women's Medicine. The *zâr-bori*-Cult in Africa and Beyond. Edinburgh.

LONDON DECLARATION 1992, Final Act of the First Study Conference on Genital Mutilation of Girls in Europe, London 6–8 July 1992. FORWARD. London.

MATTHIES Volker 1992, Aethiopien, Eritrea, Somalia, Djibouti. Das Horn von Afrika. München.

MAXAMED Faduma Haji 1989, Genital Mutilation and Psychological Equlibrium in Women's Sexuality. In: AIDOS/SWDO 1989, Female Circumcision. Proceedings of the International Seminar on Female Circumcision 13–16 June 1988, Mogadisho, Somalia. Rom.

MEIER Simone 1993, Fernsehfilm über das Integrationszentrum Fluhegg in Gersau. Forum, SF DRS 20. Sept. 1993.

MICHLER Walter 1993, Somalia – ein Volk stirbt. Der Bürgerkrieg und das Versagen des Auslandes. Bonn.

MINISTER FOR DEVELOPMENT COOPERATION OF THE NETHERLANDS 1992, Female Circumcision: the Position of the Minister. 4 September 1992, The Hague.

MUSE Dahabo Elmi 1989, Poem on Female Circumcision. In: AIDOS/SWDO 1989, Female Circumcision. Proceedings of the International Seminar on Female Circumcision 13–16 June 1988, Mogadisho, Somalia. Rom.

NYFELER Doris/BÉGUIN STÖCKLI Dominique 1994, Genitale Verstümmelung. Afrikanische Migrantinnen in der Schweizerischen Gesundheitsversorgung. Seminararbeit IEB. Arbeitsblätter Nr. 10, IEB, Bern.

OKELY Judith 1992, Anthropology and Autobiography. Participatory Experience and Embodied Knowledge. In: Okely Judith/Callaway Helen eds. 1992, Anthropology and Autobiography. London/New York.

OMAR Mohamed Osman 1992, The Road to Zero. Somalia's Self-Destruction. London.

OTTENBERG Simon 1990, Thirty Years of Fieldnotes: Changing Relationships to the Text. In: Sanjek Roger ed., Fieldnotes. The Makings of Anthropology. Ithaca/London.

PANTON Louise 1983, Female Circumcision. England, engl. 40', VHS, BBC-Serie «Forty minutes» (Video).

PIETERS G. 1972, Gynécologie au pays des femmes cousues. *Acta chirurgica belgica* 71/3:173–193.

RAQIYA Haji Dualeh Abdalla 1982, Sisters in Affliction – Circumcision and Infibulation of Women in Africa. London.

RAQIYA Haji Dualeh Abdalla/WARSAME Mariam Farah 1982, Female Circumcision in Somalia. In: Baasher et al. eds. 1982, Traditional Practices Affecting the Health of Women and Children. WHO EMRO Technical Publication no. 2 vol. 2. Alexandria.

RAULIN Anne 1990, Problèmes éthiques d'une recherche en sciences sociales: l'excision et sa présence en France. *Cahiers internationaux de sociologie* 88:157–171.

REYNERS M. M. J. 1989, Circumcisie bij vrouwen en infibulatie. *Nederlands Tijdschrift voor Geneeskunde* 133/51:2557–2561.

ROUX Jean-Paul 1988, Le sang. Mythes, symboles et realités. Paris.

RUSHWAN Hamid/SLOT Corry/EL DAREER Asma/BUSHRA Nadia 1983, Female Circumcision in the Sudan. Prevalence, Complications, Attitudes and Changes. Khartoum.

SAMATAR Ahmed J. 1988, Socialist Somalia. Rhetoric and Reality. London.

SAMATAR Said S. 1982, Oral Poetry and Somali Nationalism: The Case of Sayyid Mahammad 'Abdille Hassan. London.

– 1991, Somalia: a Nation in Turmoil. *Minority Rights Group Report* 91/4.

SANJEK Roger ed. 1990, Fieldnotes. The Makings of Anthropology. Ithaca/London.

SCHÄDELI Sibyl 1992, Frauenbeschneidung im Islam. Seminararbeit 1990. In: Arbeitsblätter Nr. 5, IEB, Bern.

SCHOUTEN Lisbeth 1991, Vrouwenbesnijdenis ook in Nederland? *Onze Wereld* März 91: 22–25.

SCHWEIZERISCHE AKADEMIE DER MEDIZINISCHEN WISSENSCHAFTEN 1983, Erklärung zur Vornahme ritueller, sexuell verstümmelnder Eingriffe bei Frauen. *Schweiz. Ärztezeitung* 64/34: 1274.

SHAW Evelyn 1985 a, Female Circumcision: Perceptions of Clients and Caregivers. *Journal of American College Health* 33/5: 193–197.

– 1985 b, Female Circumcision. *American Journal of Nursing* 85/6: 684–687.

SOCHART Elise A. 1988, Agenda Setting, the Role of Groups and the Legislative Process: The Prohibition of Female Circumcision in Britain. *Parliamentary Affairs* 41/4: 508–526.

TALLE Aud 1993, Transforming Women into Pure Agnates: Aspects of Female Infibulation in Somalia. In: Broch-Due V./Rudie I./Bleie T., Carved Flesh/Cast Selves. Gendered Symbols and Social Practices. Oxford.

TOUBIA Nahid 1994, Female Circumcision as a Public Health Issue. *New England Journal of Medicine* 331/11: 712–716.

TYLER Stephen A. 1986, Postmodern Ethnography: From Document of the Occult to Occult Document. In: Clifford James/Marcus George eds. 1986, Writing Culture. California UP, Berkeley/Los Angeles.

VILLENEUVE Annie de 1937, Etude sur une coutume somalie: les femmes cousues. *Journal de la Société des Africanistes* 7/1: 15–32.

WARSAME Amina 1989, Social and Cultural Implications of Infibulation in Somalia. In: AIDOS/SWDO 1989, Female Circumcision. Proceedings of the International Seminar on Female Circumcision 13–16 June 1988, Mogadisho, Somalia. Rom.

WARSAME Mohamed 1989, Medical and Social Aspects of Female Circumcision in Somalia. In: AIDOS/SWDO 1989, Female Circumcision. Proceedings of the International Seminar on Female Circumcision 13–16 June 1988, Mogadisho, Somalia. Rom.

WHO 1994, Female Genital Mutilation. Mutilations sexuelles féminines. Information Kit. Division of Family Health. Geneva.

XASAN Dahabo Farax 1989, The Struggle against Female Circumcision and the SWDO/AIDOS Project. In: AIDOS/SWDO 1989, Female Circumcision. Proceedings of the International Seminar on Female Circumcision 13–16 June 1988, Mogadisho, Somalia. Rom.

ZORC David R./OSMAN Madina M./LULING Virginia 1991, Somali-English Dictionary. 2nd, rev. ed. Kensington.

Dank

an Hawa Duale Fritsche, Übersetzerin und Freundin,
an Abdirisak Farah Ahmed, «Ressourcenperson» und Freund,
an alle Gewährsleute aus Somalia, die geduldig auf meine Fragen antworteten,
an René Landolt, Godi Koch, Elena Marcuzzi, Hanspeter Braun, Helene Stein, Florian Battaglia, Pilar San Claudio und Hanspeter Ineichen, die mich in ihr Team integrierten,
an Caritas Schweiz, die es mir ermöglichte, im Rahmen der Flüchtlingsarbeit in einem Durchgangszentrum zu arbeiten,
an Prof. Dr. Wolfgang Marschall am Berner Institut für Ethnologie, der mich ein mäandrisches Studium lang forderte und förderte, alle meine Arbeiten las und behutsam die «Staniol-Papiere» daraus entfernte,
an Corina Salis Gross für Supervision und eingehendes Lektorat,
an alle Frauen der Arbeitsgruppe *antagem*, insbesondere an die noch immer aktiven Gründerinnen: Barbara Krattiger für ihre kurzen, aber nie kurzangebundenen Sätze, Silvia Lüscher, die ebenfalls ohne Gehässigkeit sagt, was sie denkt, Dominique Béguin Stöckli, deren paradoxe Intervention mich weiterbrachte,
an Doris Nyfeler für den laufenden, im weitesten Sinn anthropologischen Dialog,
an Simone Prodolliet, Geburtshelferin und kluge Lektorin meiner «Löwinnen»,
an Rachel Gratzfeld, Anna Hirsbrunner und Heidi Lauper, die ehrenamtlich wirkenden Redaktorinnen der Schriftenreihe des Vereins Feministische Wissenschaft,
an die Frauen des eFeF-Verlags,
an alle, die für meine Arbeit in der einen oder andern Weise Türen geöffnet, Weichen gestellt haben (in alphabetischer Reihenfolge): Abdulkadir «Louis» Abtidon, Helene Blass, Didier Bürgi, Efua

Dorkenoo, Gitte Fehr, Miha Furlan, Christa Gardener, Christiane Girardin, Eva Horat, Martin Karrer, Dr. med. Christoph König, Christine Kopp, Hugo Laager, Maia Leibundgut, Hanny Lightfoot-Klein, Marica Livio, Mimi Marbach, Elisabeth Robertson, Hayad Abdullahi, Dr. med Rudolf Völkle, Prof. Dr. Hans-Rudolf Wicker, Raphael-Nicolas Wittwer,

an meine Kinder, Eltern, Geschwister und FreundInnen, die mir seit Jahren zuhören, Fragen stellen, Artikel schicken, andere Themen vorschlagen und dann doch getreulich lesen, was ich schon wieder und noch einmal schreibe zum Thema Frauenbeschneidung.

SCHRIFTENREIHE DES VEREINS FEMINISTISCHE WISSENSCHAFT

«Löwinnen sind sie» ist das elfte Buch einer Schriftenreihe mit feministisch-wissenschaftlichen Texten. Diese sollen Forschung über Frauen und von Frauen zum Thema haben, herkömmliche Forschungskonzepte und -methoden hinterfragen, kritisieren und neue erarbeiten. Die Reihe beabsichtigt zudem, Texte, die sonst kaum veröffentlicht werden, wie Seminar- und Lizentiatsarbeiten, Dissertationen, einem breiteren Publikum zugänglich zu machen.

Die Schriftenreihe erscheint in unregelmäßigen Abständen im eFeF-Verlag.

Bisher erschienen:

- *«Ebenso neu als kühn». 120 Jahre Frauenstudium an der Universität Zürich.* 1988
- Ulmi, Marianne: *Frauenfragen – Männergedanken. Zu Georg Simmels Philosophie und Soziologie der Geschlechter.* 1989
- Kokula, Ilse/Böhmer, Ulrike: *Die Welt gehört uns doch!* 1991
- *Solidarität, Streit, Widerspruch. Festschrift für Judith Jánoska.* 1991
- *Im Widerstreit mit der Objektivität. Frauen in den Naturwissenschaften.* 1991
- Kilchenmann, Ulla: *Flexibel oder flexibilisiert? Chancen und Fallen der Teilzeitarbeit von Frauen.* 1992
- *Ortssuche. Zur Geographie der Geschlechterdifferenz.* 1993
- *Querfeldein. Beiträge zur Lesbenforschung.* 1994
- Sgier, Irena: *Aus eins mach zehn und zwei laß gehn. Zweigeschlechtlichkeit als kulturelle Konstruktion.* 1994
- Ensel, Angelica: *Nach seinem Bilde. Schönheitschirurgie und Schöpfungsphantasien in der westlichen Medizin.* 1996

Zuschriften und Manuskripte bitte an folgende Adresse:
Verein Feministische Wissenschaft Schweiz
Schriftenreihe
Postfach 2
CH-3000 Bern 26

eFeF-Verlag

Marina Schüssler
Kathrin Bode

Geprüfte Mädchen – Ganze Frauen

Zur Normierung der Mädchen in der Kindergynäkologie

192 Seiten, mit Abbildungen, broschiert
ISBN 3-905493-33-0

«In ihrem Buch zeigen die beiden Berliner Sozialpädagoginnen auf, dass in der Kindergynäkologie immer neue Normen zur Legitimierung eines auf wackligen Füssen stehenden Fachs dienen und Schritt für Schritt zu einer ‹Verkrankung der Mädchen› und zu einer zunehmenden ‹Medikalisierung der weiblichen Kindheit› führen.»

Die Weltwoche

eFeF-Verlag

Delfina-Frauen

Vom Überleben zum Leben

Sexuelle Ausbeutung von Mädchen

164 Seiten, mit Abbildungen, broschiert
ISBN 3-905493-83-7

Dieses Buch zeigt die Heilungsprozesse von vierzehn verschiedenen Frauen auf, die den Inzest überlebten. Es will all jenen, die mit sexueller Ausbeutung von Mädchen zu tun haben, Mut machen, sich der Auseinandersetzung mit diesem Thema zu stellen.